# 南方漢語的特殊聲母、聲調與韻尾

彭心怡　著

臺灣學生書局印行

# 序

　　望眼這本書，書名《南方漢語的特殊聲母、聲調與韻尾》，除非研究界的專家學者，可能沒有幾個人，會有興趣繼續去打開這本書。看了這本書五篇論文題目以後，可能沒有幾個專家學者會有興趣繼續去看文章的內容。但是，如果關心客家語言的研究者，反應正好相反，看了這五個論文題目，一定會迫不及待地想看看書中的論點和證據。

　　尤其這些論文，以廣東、江西、客、粵、贛語為範圍。論及各語言的聲母、聲調、韻尾，都是繞著客家話與週邊語言有趣的現象，做歸納的研究。一定有許多意想不到的論點和資料，呈現給研究者對客、粵、贛語，更深層的認識和啟發。

　　這五篇論文都是客家話研究者很關心的議題，例如客家話是起源南方，還是來自中原？客家話韻尾是弱化消失，還是強化增生？粵語與壯語，客語與猺語，是否各自發展出來的漢語方言？客、贛語是否應合為一種方言？粵語與客語的最主要區別在哪裡？他們的歷史發展有怎樣的演變？這些都是研究漢語方言極重要的課題，這本書提供了很豐富的訊息給不同觀點的人很多不同的視角，然後對他自己的觀點做最好的選擇。

　　不過這幾篇論文資料，都是以漢方音調查字表的漢字字音為基礎，忽略了漢語詞彙中所表現的有音無字的資料。研究漢語方

言的人，都知道有音無字的部分，才是那個語言的底層，是那個語言源頭的重要依據。不管是核心詞、特徵詞、虛詞，更是研究那個語言固有層最重要的元素。然而，這些核心詞、特徵詞、虛詞，往往是寫不出漢字的，所以用漢語調查字表去收集資料，很容易丟棄了有音無字的底層語詞，而僅僅採取有漢字可用的語詞為依據。結果，這些漢字的語詞，大都是後來的漢語借詞，用這些漢語借詞來研究南方漢語，就永遠找不出他們的固有層語言。

所以本書最大的不足，是只用調查字表收集的語詞為依據，容易錯失有音無字的、底層的、固有的、無法用漢字表達的特徵詞。失去了這些特徵詞，就無法對那個語言的早期歷史提供可貴的語言證據。這是非常可惜，也是非常遺憾的事。這也是我對南方漢語方言研究長久以來所關心的課題。但願以後的研究者可以多留意這方面的重要，才能對於漢語方言歷史，做出更完整的解釋，不要只站在漢語傳統的演變模式，一切以漢字為依據，其他非漢語所能表達的就拋諸腦後，長此以往，繼續只以漢字音為基礎做研究，會永遠找不出南方漢語的源頭。

謹此，與心怡共勉之！

中央大學客家語文暨社會科學學系 榮譽教授 羅肇錦

# 自　序

　　這本《南方漢語的特殊聲母、聲調與韻尾》論及的漢語方言相當地駁雜，涉及了客語、贛語、粵語、閩語，以及一部分的北方官話。題目標舉「南方漢語」，實際上，主要論述的漢語方言還包含一個中部方言——江西贛語，甚至書裡還有少部分拿北方官話來做對比的論述。我把贛語納入討論，是因為贛語與客語在語言學上有「同系異派」的爭論，所以本書在論及南方漢語時，將贛語也拉入，至於北方官話，則多做為對比南方漢語的參照點，論述並不深入。

　　這本書包含的漢語方言多樣，反映了我 2010 年取得博士學位後的研究方向。我的博士論文題目是《江西客贛語的特殊音韻現象與結構的演變》，雖然我博士期間鑽研的是江西的客語與贛語，但因為我對其他的南方漢語也有著濃厚的興趣，且我認為南方漢語有一些區域的語音共同特點，只研究一種方言的話，有見樹不見林的缺憾，所以多年來，總是東看一些、西看一些，積累了一些對南方漢語的見解，這本書也是這些年雜看論文與書籍的一個小小的總結。

　　第一篇〈漢語方言 ŋ 聲母的脫落與新生〉談論的是中古的影、疑母在現代漢語的分合、消亡與新生情形，本文依據中古影、疑母在現代漢語的音讀，把漢語方言分為四種型態，分別

為：一、國語型（零聲母完成型）；二、贛、湘語型（新生聲母型）；三、粵語變動型，以及四、閩語型（宋代保守型）。這一篇涉及的漢語方言較多，除為各個漢語方言的影、疑母音讀種類分派外，我們也可以從論述中看到南方漢語截然不同於北方漢語的發展。本篇論文曾發表於《語言學論叢》52 輯，北京大學中文系漢語教研室和語言學教研室（CSSCI），2015 年 12 月，頁 161-190（此刊物為歐洲科學基金會人文科學標準委員會選出全世界 85 種語言學刊物中，入選的三個中文出版的期刊之一）。

第二篇〈雅瑤粵語完全丟失脣塞音聲母的背後成因（附方音調查字表）〉則是我 2010 年 8 月到廣東鶴山市雅瑤鎮四隊村田調的成果。我會遠赴廣東做調查，起因是看了侯精一主編的《現代漢語方言概論》一書，書中提到鶴山市一帶的粵語丟失脣塞音狀況嚴重，但《現代漢語方言概論》對該狀況的描述，只有一句話，為了更深入了解鶴山市粵語丟失脣塞音的實際狀況，我趁著暑假時間，到廣東鶴山市與周遭地區走訪了一趟，才找到比鶴山市粵語丟失脣塞音還更嚴重的雅瑤粵語。這一篇除了有雅瑤粵語完全丟失脣塞音聲母的語音機制探討外，還附上了當時田野調查的方言字表。本篇論文曾發表於《漢學研究》第三十二卷第三期，漢學研究中心（THCI CORE），2014 年 9 月，頁 227-255。

第三篇〈-k 韻尾高調現象與韻攝分調〉則聚焦在江西贛語與客語，在江西南豐、南康、安遠以及于都這些方言點，都可以看到因為這個 -k 韻尾所造成的高調現象，本書除了論述其背後的語音機制外，還一併討論了東南漢語方言裡有關「韻攝分調」的內涵與相關問題。本篇論文曾發表於《聲韻論叢》第 18 輯，

中華民國聲韻學學會，2014 年 10 月，頁 163-180。

第四篇〈江西客、贛語的鏈式聲母音變、小逆流推鏈與其他相關的聲母音變〉則討論了 A：$t^h$ > h、B：$ts^h$ > $t^h$、C：$ts̺^h$ > $t^h$ 等鏈式聲母音變的類型、分布區域，也論及了與 B、C 音變相配平行的 B1：ts > t、C1：ts̺ > t 音變。在東鄉贛語部分，我們還發現了江西贛語裡較為少見的推鏈式聲母音變。

除此之外，這篇文章還討論了江西贛語知三、章母讀為舌根塞音的聲母音變現象，以及知三、章組聲母裡，塞擦音與相配擦音演變速度不一致的現象。在江西宜春片的贛語裡，因為這大片區域送氣擦化音變（A、B、C）的影響，在溪、群聲母裡，我們也可見到其聲母走向送氣擦化的音變。但我們論及溪、群母的擦化音變時，則要與中古前溪母就擦化（不包含群母）的音變做區隔。在江西客、贛語裡，還有一個比較特殊的語音現象，那就是在曉、匣母部分，有部分字讀為舌根聲母的狀況，我們認為這是一個創新的音變，而非上古音存留的現象。這篇論文為科技部專題計畫（送氣聲母所引起的拉鏈、推鏈、濁化與其他聲母的調和現象——以江西客贛語、福建閩語及廣東粵語為研究對象，計畫編號 MOST106-2410-H126-014，2017 年 8 月～2018 年 7 月）的部分研究成果，且初稿曾在第十三屆客家話國際學術研討會上發表過。（中央大學客家語文暨社會科學學系主辦，臺灣客家語文學會、中央研究院語言學研究所協辦，2018 年 10 月 19～21 日）。

第五篇〈撫州廣昌客語音系概述（附方音調查字表）〉則是我 2015 年 5 月在江西做語言調查的成果。撫州廣昌客語有贛語裡常見的拉鏈式聲母音變（A：$t^h$ > h、B：$ts^h$ > $t^h$）以及送氣分

調的現象，也有一些自身較為獨特的語音特點，諸如：中古精組聲母在 i 元音前，同時發生塞化與顎化的音變。篇末附上當時田野調查的方言字表。本篇論文曾發表於《客家方言調查研究——第十二屆客家方言學術研討會論文集》（會後經審查的論文集），廣州，中山大學出版社，2018 年 10 月出版，頁 304-313。

　　南方漢語若把贛語一起拉進來談的話，還有很多在聲母、聲調以及韻尾上的語音特點，有些在我的博士論文中已經談論過，客、贛語的部分如：不連續調型、-p -t -n 等韻尾前增生 i 元音、邊音韻尾、全濁上聲與次濁上聲歸陰平……等現象，有些則因為我能力還不足，尚未能論及，例如：閩北閩語複雜的聲調與聲母，平話多樣的聲調現象以及客、畬交錯又相互影響的語言現象……等。這些都只能留待將來，等我對南方漢語有更全盤的認識，才能再加以深入探討了。

靜宜大學中國文學系助理教授　彭心怡

2021 年 1 月 1 日

# 南方漢語的特殊聲母、聲調與韻尾

# 目　次

# 第一篇
# 漢語方言 ŋ 聲母的脫落與新生

## 摘　要

本文將漢語方言在影、疑母的讀音表現上，分為四種型態。一、國語型（零聲母完成型）。二、贛、湘語型（新生聲母型），影疑母開口呼合流並新生一舌根 ŋ- 聲母型。就疑母而言，此音變屬於回流演變的現象。三、粵語變動型，影母大體仍維持零聲母，而疑母在不同母音前，有不同程度的保留或脫落情況，而吳語的蘇州、溫州也可以歸在此一變動型態中。四、閩語型（宋代保守型），影母讀為零聲母 ∅-；疑母保持讀舌根 ŋ-鼻音。其中，我們從粵語變動型的影母層，可看出贛、湘語型與粵語變動型，確是不同音層，並可間接證明贛、湘語型的疑母的舌根 ŋ 聲母為新生，而非舊有形式的保留。而江西一北一南的贛語與客語正呈現了兩種型態，北方的贛語是贛、湘語型，是官話型的再演變；而南部的客語與梅縣客語相同，都是閩語型。

當我們眼光從國語開始擴大至其他官話區時，也可以看到這個贛、湘語型新生聲母的表現。無獨有偶，我們也可在 19 世紀中後期，英國人威妥瑪紀錄北京話口語音系的《語言自邇集》裡，看到今國語讀為零聲母的開口字，在書中都有一個 ng 又讀（以小寫標示在上方），可見得贛、湘語型的音讀早有依據。

**關鍵詞**：影母、疑母、回頭演變、語言自邇集

# Abstract

Adding a velar nasal (ŋ-) in which a word has a zero initial (ø-) originally as a brand-new initial is the mainstream of Chinese linguistic development.

This phonetic trait also can be found in the major part of Mandarin, the Gan dialect in Jiangxi and the Xiang dialect in Hunan. The occurrence of the new initial ŋ is easily to be seen before some [-high] vowels such as o, a and e. The initial ŋ is also trending to disappear before some high vowels such as i, y and u. In this article, we will discuss the phonetic motivation of adding and losing initial ŋ. From those dialectal diversities, we can get a clear-cut understanding of initial ŋ.

**Keywords:**   Ying initial (影母),   Yi initial (疑母),   rule reversion,   Yü Yen Tzǔ êrh Chi

# 壹、前言

近代音有股趨勢，即零聲母化的擴大。零聲母的擴大是音素的脫落，音素的脫落是語音演變上常見的音變現象，包含首碼音素脫落；字尾音素的脫落與字中音素的脫落[1]。王力提及在三十六聲母的時代，喻三字就脫落了舊有的聲母，加入了喻四字「零聲母」的行列。王力據元代周德清的《中原音韻》，認為在十四世紀時，疑母字與影母字的上去聲便加入了「零聲母」的行列[2]。一般認為，影、疑母的零聲母化是近代音的音變之一。竺家寧考證影、疑母的零聲母化，甚至從宋代就開啟端倪，《九經直音》裡的「零聲母的範圍包含『喻，影，疑』，正是近代零聲母演化的第二個階段，在這個階段，影母的喉塞聲母和疑母的舌根鼻音聲母都失落了」[3]。

# 貳、回顧與探討

韻書的年代排列，我們能得到斷面式的語音訊息，就好像每個年代都切下某一部分的斷面木材，連貫起來雖不見得成形，卻也可以得到一個大致的語音演變趨勢，只是我們在運用這些歷史音檔時，要謹慎地釐清這些語料所代表的音系、地域以及作者背

---

[1]　Terry Crowley. 1992. "An introduction to historical linguistics." Oxford University Press. pp.40.

[2]　王力：《漢語史稿》（北京：中華書局，1980 年）。

[3]　竺家寧：〈近代漢語零聲母的形成〉，《近代音論集》（臺北：臺灣學生書局，1994 年），頁 135。

後創作的理念。究竟是反映時音？還是守舊的讀書音？是融合古今？還是另有理想音系？不然像《九經直音》這種演變超前的韻書，若真依歷史時代排列起來，則會有音變倒逆的誤差產生。以下表一整理自葉寶奎《明清官話音系》[4]，以官話為主軸，觀察明清以來，各官話系韻書在影、疑、喻聲母的演變趨勢。

### 表一　明清以來，各官話系韻書在影、疑、喻聲母的演變

| 韻書 | 作者 | 音系 | 年代 | 影 | 疑 | 喻 |
|---|---|---|---|---|---|---|
| 中原音韻 | 周德清 | 當時北方基礎方言的口語音 | 1324 | ø | ø、ŋ | ø |
| 洪武正韻 | 樂韶鳳、宋濂等人 | 官韻 | 1375 | ø | ŋ、j | j |
| 韻略易通 | 蘭茂 | 官話系統 | 1442 | ø | ø | ø |
| 書文音義便考私編 | 李登 | 官話音（葉寶奎先生認為非南京音） | 1587 | ø | ø | ø |
| 韻法橫圖 | 李嘉紹（李登的兒子） | 官話音 | 1586-1612 | ø | ŋ（洪音）、n（細音）、ø | ø |
| 重訂司馬溫公等韻圖經 | 徐孝 | 順天府（北京）的音 | 1606 | ø | ø、ŋ | ø |
| 西儒耳目資 | 利瑪竇、金尼閣 | 官話音 | 1625 | ø | ŋ、j | ø |
| 韻略匯通 | 畢拱辰 | 官話音 | 1642 | ø | ø | ø |
| 五方元音 | 樊騰鳳 | 17 世紀的普通讀書音（葉寶奎先生認為非唐山方音） | 1654-1664 | ø | ø | j |
| 詩詞通韻 | 樸隱子 | 通音：當時通行的普通音 | 1685 | ø | 通音：ø | j |

---

[4]　葉寶奎：《明清官話音系》（廈門：廈門大學出版社，2001 年）。

| | | | | 俗讀：ŋ | | |
|---|---|---|---|---|---|---|
| 諧聲韻學 | 王蘭生 | 北音特點 | 1713 | ∅ | ∅ | ∅ |
| 音韻闡微 | 李光地 | 作文標準韻書 | 1724 | ∅ | ŋ | ∅ |
| 李氏音鑒 | 李汝珍 | 北京音為基礎，兼列南音海州板浦音 | 1805 | ∅ | ∅ | ∅ |
| 正音咀華 | 莎彝尊 | 侯精一：北京音；馮蒸：下江官話；岩田憲幸：虛構與實錄的產物；李新魁：中州音；葉寶奎：近代變化了的北方話傳統讀書音 | 1837-1843 | ∅ | ∅ | ∅ |
| 正音通俗表 | 潘逢禧 | 官話音 | 1870 | ∅、j（細音） | j（細音）、n、ŋ（開口） | j |
| 官話新約全書 | 倫敦大英聖書會 | | 1888 | ∅ | ∅ | ∅ |

　　儘管《五方元音》、《李氏音鑒》、《正音咀華》這些韻書的代表音系有所爭論，但從以上的表格，我們還是可以看出官話近代演變的趨勢。那就是喻、影母讀為零聲母，而疑母猶在困獸之鬥，*ŋ- 聲母仍有殘存，還未完全加入零聲母的大家族。葉寶奎也提及疑母字，在 17 世紀初的「《等韻圖經》已將『敖我蛾雅牙昂仰』等字置於影母字之下，表明這些字已變為零聲母」[5]。至於表中各母下都有的 *j- 聲母，可視作零聲母的變體，王

---

[5]　葉寶奎：《明清官話音系》（廈門：廈門大學出版社，2001 年），頁143。

力早有解釋：「影母自古至今是零聲母，有時候我們把它標作
[ʔ] 或 [w] [j]，但從音位觀點看，仍當認為零聲母。這樣，直到
今天，全國範圍內，都保持著這個零聲母」[6]。

## 參、《語言自邇集》裡的 ng 又讀

《語言自邇集》是第一個把北京話口語做描寫與研究的韻
書，其中大多的標音法已與 1888 年國際語音協會制訂出來的國
際音標一致[7]，整理為表二。

表二　《語言自邇集》的影、疑、喻聲母

| 韻書 | 作者 | 音系 | 年代 | 影 | 疑 | 喻 |
|------|------|------|------|-----|-----|-----|
| 語言自邇集 | 威妥瑪 | 北京話口語，且採「拼音」記音 | 1867-1886 | ∅、ng（字體縮小且標示在左上方） | | ∅ |

威妥瑪提到：「下列音節，即 a，ai，an，ang，ao，ê，
ên，êng，o，ou，其發音經常是 ᵑga，ᵑgai，ᵑgan」[8]。其中威妥瑪
的 ê 接近國際音標的 [ə]，他自己說道：「ê，最接近英語 earth,
perch 中元音的發音，或任何詞中 e 後跟有 r 或其他輔音，例如

---

[6]　王力：《漢語音韻史》（北京：商務印書館，2008 年），頁 591-592。

[7]　威妥瑪〔英〕著，張衛東譯：《語言自邇集──19 世紀中期的北京話》（北京：北京大學出版社，2002 年），頁 3-6。

[8]　威妥瑪〔英〕著，張衛東譯：《語言自邇集──19 世紀中期的北京話》（北京：北京大學出版社，2002 年），頁 31。

lurk 裡的音」[9]。細查這些上標為 ng 的音節，涵蓋了影、疑母所有開口呼的字，其又讀為 ng 聲母開頭的音節有：$^{ng}$a，$^{ng}$an，$^{ng}$ao，$^{ng}$ai，$^{ng}$ang，$^{ng}$ê，$^{ng}$ên，$^{ng}$êng，$^{ng}$o，$^{ng}$ou。

張世方以為這些影疑母字，有這樣的 ng 又讀聲母，有兩種可能：

> (1)《語言自邇集》比其他文獻更注重紀錄口語讀音，所以反映了北京話影、疑母開口一二等字聲母讀音的真實狀況，而其他文獻，尤其是《語言自邇集》以前的文獻，更多地關注《語言自邇集》讀書音。
>
> (2)《語言自邇集》紀錄 [ŋ] 聲母又讀是周邊移民帶來的，並不是北京話固有的。近代歷史上北京人口的流動性一直較大，與其他方言的接觸較多。
>
> 如果按第一種可能性看，從《中原音韻》到《等韻圖經》《語言自邇集》《京音字彙》《中國音韻學研究》，北京話影、疑母字聲母可能經歷了以下逆向音變過程：
>
> ŋ（疑母）＞ø（影、喻母＋疑母）＞ŋ（影、疑母開口呼字）＞ø [10]

關於張世方先生的推論，筆者大體是贊同的，我們也認為疑母丟失了鼻音 ŋ- 聲母，而與影母在開口呼前合流為零聲母 ø-，

---

[9]　威妥瑪〔英〕著，張衛東譯：《語言自邇集——19 世紀中期的北京話》（北京：北京大學出版社，2002 年），頁 25。

[10]　張世方：《北京官話語音研究》（北京：北京語言大學出版社，2010 年），頁 85-86。

然後再一起新生出這個舌根鼻音 ŋ- 聲母。但有一點補充，張世方先生最後一個階段，是再度變為零聲母 ø-，筆者認為最後一個階段不是直接的繼承，而是文讀音大力沖刷的結果。我們不必然一定要做「文獻串連」，把《中原音韻》到《等韻圖經》、《語言自邇集》、《京音字彙》、《中國音韻學研究》都拉成一線。《語言自邇集》新生的 *ŋ- 聲母不必然直接為「今日北京話」所繼承，且放眼望去其他北京官話的語言類型，多與《語言自邇集》相同。今日北京官話疑母讀音的演變，可簡化為圖一。

ŋ（疑母）＞ø（影喻母＋疑母）＞　　　　　　　＞ø（北京型）
　　　　　　　　　　　　　　　　　　　　　　　　ŋ（散見在其他
　　　　　　　　　　　　ŋ派（新生聲母）　　　　　　的北京官話裡）
　　　　　　　　　　　　ø派（強勢語言）
　　　　　　　　　　　　相互競爭

**圖一　今日北京官話疑母讀音的演變**

張世方將北京官話，依影、疑母的讀音，分為以下六類。因影、疑母二等字的字數不多，張世方皆以影、疑母開口一等字指稱這六類型讀音。

(1)北京型：影疑母開口一等字今全讀零聲母。

(2)密雲型：影疑母開口一等字今全讀 [n] 聲母。

(3)延慶型：影疑母開口一等字今全讀 [ŋ] 聲母。

(4)訥河型：影疑母開口一等字部分今讀零聲母，部分字今讀 [n] 聲母。

(5)赤峰型：影疑母開口一等字今讀 [n] 聲母或 [ŋ] 聲母因
人而異。

(6)望都型：影疑母開口一等字部分字今讀 [ŋ] 聲母，部分
字今讀 [n] 聲母。[11]

　　除了北京型外，其餘的五型多是新生一 ŋ- 聲母的類型，或
其新生 ŋ- 聲母的變體：舌尖的 n- 聲母。訥河型受「標準語」的
沖刷的較為嚴重，並存零聲母與鼻音聲母的讀音型態。從地域上
的分佈，我們又可以看到，北京型除了北京市以及周圍零星的城
市外（昌平、三河等），幾乎是被其他幾型的北京官話類型所包
圍，北京型孤懸在河北省內，其他的北京型則分佈在今遼寧省東
北、吉林省東邊與南邊，以及黑龍江北緣一帶。

　　就移民的歷史看來，今北京話的音系基礎與東北地區的官
話，有密不可分的關係。第一次是遼金兩代移居東北的漢人，主
要定居在今遼寧、吉林和內蒙古東南部。第二次是清兵入關前，
大量北京附近和河北、山東的大批漢族人被迫遷徙入東北地區
[12]。清兵入關後，移植的漢語帶有深厚的東北地區色彩，東北地
區的官話再與當地的北京話雜揉，才逐漸形成今日的北京話。由
此看來，這個以北京話為代表的「普通話」標準，在影、疑母讀
為零聲母的這項音變上，與東北一帶的北京官話有密切的關係，
透過移民與朝代統治，成為標準音的一部分。其他的北京官話的

---

[11]　張世方：《北京官話語音研究》（北京：北京語言大學出版社，2010
年），頁 77-80。

[12]　林燾：〈北京官話溯源〉，《中國語文》第 3 期（總第 198 期）（1987
年）。

影、疑母合流變為零聲母後，卻是以新生一 ŋ 聲母或其變體為音
變主流。

何大安曾提及這種音變為一種「回頭演變」，「中古影、疑
母開口一二等字在官話方言的發展過程中曾經丟失了聲母而合
併，複在某些方言洪音韻母前產生一個鼻音聲母 n 或 ŋ ……不
過由於今天的 ŋ 除去有一部份來自疑母字之外，還有一部份影母
字，所以這種回頭演變，也是部分回頭演變」[13]。洪惟仁[14]認為
「部分回頭演變」其實只是部分字音變回原來的音讀，在音系上
也還是分化了，所以不算是「回頭演變」。兩者因觀看角度的差
異，而有結論的不同。何大安「回頭演變」的說法深具啟發性，
讓我們注意到中古影疑母與今日讀音的異同，但洪惟仁的說法更
接近實際的音變情況，為避免混同，我們以「新生」稱呼這個影
疑母開口呼今日讀為 ŋ- 及其他音類變體的狀況。

# 肆、官話

## （一）北京話之外的官話

官話裡，除北京話外，不少影母字有增生 ŋ- 聲母的現象，
語音條件在 a、o（ɔ）、e 母音之前，而這個官話新生的 ŋ- 聲
母，不少還有前化為舌尖音 n- 聲母的情形，如表三。這是因為

---

[13] 何大安：《規律與方向：變遷中的音韻結構》（臺北：中央研究院歷史
語言研究所專刊之九十，1988 年），頁 37。

[14] 洪惟仁：《音變的動機與方向：漳泉競爭與臺灣普通腔的形成》（新
竹：清華大學語言學研究所博士學位論文，2002 年）。

許多官話的聲母音位系統裡，沒有舌根鼻輔音 ŋ- 聲母的位置。所以當影母新增一 ŋ- 聲母時，在官話裡，容易被替換成同為鼻音，但部位為偏前的舌尖 n- 聲母。

## 1.影母

表三　官話裡影母字增生鼻音聲母的現象[15]

| 官話分區 | 北京官話 | | | 東北官話 | | 冀魯官話 | | | 中原官話 |
|---|---|---|---|---|---|---|---|---|---|
| 片、小片、點 | 懷承片承德 | 朝峰片赤峰 | 北疆片溫泉 | 哈阜片長錦小片長春 | 黑松片佳富小片佳木斯 | 保唐片淶阜小片廣靈 | 石濟片趙深小片石家莊 | 滄惠片陽壽小片壽光 | 信蚌片信陽 |
| 安影 | ₋nan | ₋ŋan | ₋ŋan | ₋nan | ₋nan | ₋næ | ₋ŋan | ₋ŋã | ₋ŋan |

| 官話分區 | 中原官話 | | | | 蘭銀官話 | 西南官話 | | | |
|---|---|---|---|---|---|---|---|---|---|
| 片、小片、點 | 隴中片天水 | 汾河片平陽小片洪洞 | 關中片西安 | 秦隴片寶雞 | 北疆片烏魯木齊 | 桂柳片柳州 | 成渝片成都 | 灌赤片雅棉小片漢源 | |
| 安影 | ₋ŋan | ₋ŋan | ₋ŋæ | ₋ŋæ | ₋ŋan | ₋ŋã | ₋ŋan | ₋ŋan | |

## 2.疑母

　　在官話裡，影、疑母字的開口呼已然合流，讀成同一聲母，除了國語零聲母的類型外，其他官話區的疑母多有一鼻音的聲母 ŋ，至於舌尖鼻音 n- 則是舌根 ŋ- 聲母的轉變，也有些官話點，影、疑母合流後，產生的是喉音的 ɣ- 聲母。以下表四、表五列出影、疑母字的各類聲母音讀做為對照。

---

[15]　侯精一主編：《現代漢語方言概論》（上海：上海教育出版社，2002年），頁 18-33。

### 表四　官話裡，影、疑母合流後，新生鼻音 ŋ-、n- 聲母[16]

| 官話分區 | 北京官話 | | | 東北官話 | | 冀魯官話 | | | 中原官話 |
|---|---|---|---|---|---|---|---|---|---|
| 片、小片、點 | 懷承片承德 | 朝峰片赤峰 | 北疆片溫泉 | 哈阜片長錦小片長春 | 黑松片佳富小片佳木斯 | 保唐片淶阜小片廣靈 | 石濟片趙深片石家莊 | 滄惠片陽壽小片壽光 | 信蚌片信陽 |
| 安/岸 | ꜀nan/nan꜔ | ꜀ŋan/ŋan꜔ | ꜀ŋan/nan꜔ | ꜀nan/nan꜔ | ꜀nan/nan꜔ | ꜀næ/næ꜔ | ꜀ŋan/ŋan꜔ | ꜀ŋã/ŋã꜔ | ꜀ŋan/ŋan꜔ |

| 官話分區 | 中原官話 | | | | 蘭銀官話 | 西南官話 | | | |
|---|---|---|---|---|---|---|---|---|---|
| 片、小片、點 | 隴中片天水 | 汾河片平陽小片洪洞 | 關中片西安 | 秦隴片寶雞 | 北疆片烏魯木齊 | 桂柳片柳州 | 成渝片成都 | 灌赤片雅棉小片漢源 | |
| 安/岸 | ꜀ŋan/ŋan꜔ | ꜀ŋɑn/ŋɑn꜔ | ꜀ŋæ/ŋæ꜔ | ꜀ŋæ/ŋæ꜔ | ꜀ŋan/ŋan꜔ | ꜀ŋã/ŋã꜔ | ꜀ŋan/ŋan꜔ | ꜀ŋan/ŋan꜔ | |

### 表五　官話裡，影、疑母合流後，新生喉音 ɣ- 聲母[17]

| 官話分區 | 冀魯官話 | 中原官話 | | 洛徐 | 蘭銀官話 |
|---|---|---|---|---|---|
| 片、小片、點 | 滄惠片莒照小片莒南 | 鄭曹片鄭州 | 蔡魯片曲阜 | 洛陽 | 河西民樂 |
| 安/岸 | ꜀ɣã/ɣã꜔ | ꜀ɣan/ɣan꜔ | ꜀ɣã/ɣã꜔ | ꜀ɣã/ɣã꜔ | ꜀ɣan/ɣan꜔ |

　　問題來了，影母字的起點為一零聲母並無可議，那麼這些官話今日疑母字，讀為舌根 ŋ- 聲母，以及喉擦音聲母 ɣ-，究竟是保守的音讀形式？抑或是國語型零聲母後的再創新的結果？我們認為這些疑母字讀為舌根 ŋ- 聲母，以及喉擦音 ɣ- 聲母的現象，

---

16　侯精一主編：《現代漢語方言概論》（上海：上海教育出版社，2002年），頁 18-33。

17　侯精一主編：《現代漢語方言概論》（上海：上海教育出版社，2002年），頁 18-33。

它們的前一階段都是零聲母，是國語型影、疑母字開口呼合流讀為零聲母後的後續演變。至於支持的證據有二：一為移入式的官話；二為贛、湘語型與粵語變動型在影母讀音層的參差。

## （二）移入式的官話：安徽江淮官話

我們試著把眼光縮小到同一區域，看看安徽江淮官話影、疑母開口呼的表現。安徽的江淮官話，魯國堯在〈「顏之推謎題」及其半解〉[18]裡，認為江淮官話的前身為「南朝通語」，形成約在四世紀的永嘉之亂。西晉末年因戰亂，北方移民南遷至淮南與長江中下游兩岸，因而形成了所謂的「南朝通語」。

從圖二，我們也可以看到安徽的江淮官話，分佈在安徽省的中部，而與江蘇的江淮官話連成一片。

---

[18]　魯國堯：《魯國堯語言學論文集》（南京：江蘇教育出版社，2003年）。

**圖二　安徽江蘇的江淮官話分布[19]**

### 表六　安徽江淮官話——影、疑母在開口洪音字前[20]

| | 恩 | 愛 | 襖 | 歐 | 昂 | 礙 | 熬 | 藕 |
|---|---|---|---|---|---|---|---|---|
| 桐城 | ₌ŋən | ŋɛ⁼ | ⁼ŋɔ | ₌ŋəu | ₌ŋan | ŋɛ⁼ | ₌ŋɔ | ⁼ŋən |
| 安慶 | ₌ŋuən | ŋɛ⁼ | ⁼ŋɔ | ₌ŋuen | ₌ŋan | ŋɛ⁼ | ₌ŋɔ | ⁼ŋen |
| 舒城 | ₌ŋəz | zɜ⁼ | ⁼zɔ | ₌məz | ₌zã | zæ⁼ | ₌zɔ | ⁼zəz |
| 合肥老派 | ₌ŋəz | zɜ⁼ | ⁼zɔ | ₌mz | ₌zã | zɜ⁼ | ₌zɔ | ⁼zmz |
| 合肥新派 | ₌ən | ɛ⁼ | ⁼ɔ | ₌θ | ₌ã | æ⁼ | ₌ɔ | ⁼zθ |
| 六安 | ₌ɣnəɣ | ɣɛ⁼ | ⁼ɣɔ | ₌məɣ | ₌ɣã | ɣɛ⁼ | ₌ɣɔ | ⁼məɣ |
| 蕪湖 | ₌nə | ɛ⁼ | ⁼ɔ | ₌θ | ₌ã | ɛ⁼ | ₌ɔ | ⁼θ |
| 天長 | ₌nə | ɛ⁼ | ⁼ɔ | ₌mə | ₌an | ɛ⁼ | ₌ɔ | ⁼mə |

（整理自：孫宜志：2006，P31~33）

19　魯國堯：《魯國堯語言學論文集》（南京：江蘇教育出版社，2003年），頁153。

20　整理自：孫宜志：《安徽江淮官話語音研究》（合肥：黃山書社，2006年），頁31-33。

　　在安徽江淮官話裡，影、疑母的開口呼與其他官話區的表現
一致，都是合流讀成同一聲母。合肥新派、蕪湖以及天長的江淮
官話，是與北京話相同的零聲母類型，其餘的安徽江淮官話方言
點，有讀為舌根鼻音 ŋ- 與喉擦音 ɣ- 聲母的；還有讀為捲舌聲母
ʐ- 的。如果這些輸入進安徽的江淮官話，有一個大致的共同來
源的話，那麼這些影、疑母同型的安徽江淮官話，它們的前身就
只能是零聲母。由零聲母出發，新生一舌根鼻音 ŋ-；或是喉擦
音 ɣ- 聲母；甚至是捲舌的 ʐ 聲母，在語音邏輯的解釋上是最簡
便的，因為若不從零聲母出發，疑母由 *ŋ- 聲母變為 ɣ- 聲母，
還可以說是相近部位聲母的轉換，而讀為捲舌 ʐ 聲母，則須多費
一番周折才能解釋得通，且音變的中間階段，也必須要有其他方
言點的讀音佐證才行。況且影母近代以來的大趨勢是走向零聲母
化，今日的安徽江淮官話，影、疑母開口呼無論讀為何種聲母都
同型，影母的紛雜讀音，由零聲母出發最為合適，若疑母不假設
已先與影母合流為零聲母，又如何知道何時要與影母共同變為舌
根鼻音 ŋ 聲母、喉擦音 ɣ 聲母，抑或捲舌 ʐ 聲母？

# 伍、贛、湘語型

## （一）江西贛語

　　江西贛語裡的影、疑母開口字有個音變趨勢，那就是會在原
本零聲母的位置，新生一個舌根的 ŋ- 聲母。在二十三個江西贛
語方言點裡，除蓮花的影、疑母字無論在何種韻母環境之前，都
保持零聲母外，其餘的二十二個江西贛語方言點，包括湖口、星

子、永修、修水、南昌、波陽、樂平、橫峰、高安、奉新、上
高、萬載、新餘、東鄉、臨川、南豐、宜黃、黎川、萍鄉、吉
安、永豐、泰和，他們的影、疑母開口字，都有新生一舌根 ŋ-
聲母的現象。至於江西客語部分方言點（上猶、銅鼓、澡溪、寧
都）裡的影母字，也有相同讀為舌根 ŋ- 聲母的現象，但較零星
且不成系統。江西客語的影、疑母字，與下述的閩語屬同一類
型。本文使用的江西客、贛語語料來自劉綸鑫的《客贛方言比較
研究》[21]。

　　江西贛語裡的影、疑母字，一部分仍讀為為零聲母 ø-；部
分新生一 ŋ- 聲母。新生 ŋ- 聲母的影、疑母字有其固定的韻母條
件。在討論江西贛語的影、疑母字之前，我們可先假設這些影、
疑母開口呼字的起點是零聲母 ø-。這樣起點的假設符合了近代
以來，影母字演變的大趨勢，而疑母的起點，我們也假設是零聲
母，這與官話區影、疑母開口呼合流後，新生一聲母的前一個起
點相同，也就是零聲母。

## 1.影、疑母的音變過程

　　有一點比較不好說明的是，疑母在非開口韻字前丟失 ŋ- 聲
母倒無可議，可是在開口韻前的 ŋ- 聲母究竟為守舊抑或創新，
一時倒不好說明，但我們基於贛、湘型為國語型承繼的理由，認
為江西贛語開口韻前的疑母字讀為 ŋ- 聲母，是一創新的結果。
過程應是疑母的非開口韻與開口韻字先丟失了 ŋ- 聲母，與影母
合流，加入零聲母家族的行列，其中，細音 i、y 前的疑母，又

---

[21]　劉綸鑫：《客贛方言比較研究》（北京：中國社會科學出版社，1999
　　年）。

有另條規則影響它，疑母可選擇丟失 ŋ- 聲母變為零聲母，或前化為舌尖的 n，或是顎化為舌面的 ȵ 聲母。舌根 ŋ 與高母音 i、y 不相搭配，容易受 i、y 的影響前化，轉換成同是鼻音，但為前部位的 n、ȵ。另，官話裡也有相類似的現象，除較為熟知的「孽、逆、牛、凝」等疑母字都讀為 n 聲母外，西安（牙、芽、嚴、咬、眼、仰）、太原（咬、眼）、武漢（驗、諺、硯）、成都（蟻、硯、咬、嚴、驗、藝、義、議）的疑母字，都有 n、ȵ 聲母搭配 i 細音的現象，但無搭配 y 的現象[22]。江西贛語在細音 i、y 前讀為 n、ȵ 聲母，除音理演變的可能外，我們也不排除強勢語——官話，對其所造成的影響。

　　至於江西贛語開口韻字與非開口韻字前的疑母字，何者丟失 ŋ- 聲母比較快，在無進一步證據前，難以遽論，只能說就音理上而言，後者比較容易丟失 ŋ- 聲母。而江西贛語的疑母要新生一 ŋ- 聲母的前提是，影疑母合流為零聲母。其音變過程如圖三所示。

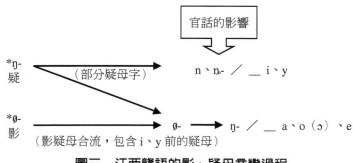

圖三　江西贛語的影、疑母音變過程

22　北京大學中國語言文學系語言學教研室編：《漢語方音字彙》（第二版重排本）（北京：語文出版社，2003 年）。

### 表七　影、疑母在 a、o（ɔ）、e 元音前易增生 ŋ- 聲母

| 影 | 亞 | 哀 | 愛 | 挨 | 襖 | 安 | 惡 | 恩 |
|---|---|---|---|---|---|---|---|---|
| 修水 | ŋa | ŋei | ŋei | ŋei | ŋau | ŋon | ŋɔʔ | ŋien |
| 南昌 | ŋa | ŋai | ŋai | ŋai | ŋau | ŋan | ŋɔʔ | ŋɛn |
| 高安 | ŋa | ŋai | ŋoi | ŋai | ŋau | ŋon | ŋoʔ | ŋin |
| 南豐 | ŋa | ŋɔi | ŋai | ŋai | ŋau | ŋon | ŋok | ŋien |
| 疑 | 牙 | 咬 | 岸 | 傲 | 藕 | 偶 | | |
| 修水 | ŋa | ŋau | ŋon | ŋau | ŋei | ŋei | | |
| 南昌 | ŋa | ŋau | ŋan | ŋau | ŋiɛu | ŋiɛu | | |
| 高安 | ŋa | ŋau | ŋon | ŋou | ŋiɛu | ŋiɛu | | |
| 南豐 | ŋa | ŋau | ŋon | ŋau | ŋiɛu | ŋiɛu | | |

### 表八　影母在 i、u（v）、y 元音前讀為零聲母 ø-

| | 烏 | 蛙 | 碗 | 挖 | 彎 | 衣 | 幼 | 秧 | 約 | 冤 |
|---|---|---|---|---|---|---|---|---|---|---|
| 修水 | u | va | uon | ual | uan | i | iu | iɔŋ | ioʔ | ien |
| 南昌 | u | ua | uɵn | ua | uan | i | iu | iɔŋ | ɔʔ | yɵn |
| 高安 | u | ua | uɛn | ua | uan | i | iu | iɔŋ | ioʔ | ion |
| 南豐 | vu | va | von | va | van | i | iu | iɔŋ | iok | viɛn |

### 表九　疑母在 i、u（v）、y 元音前丟失 ŋ 聲母，及在細音 i、y 前變為舌尖 n-、n̠- 聲母

| | 魏 | 外~面 | 外~公 | 元 | 玉 | 獄 |
|---|---|---|---|---|---|---|
| 修水 | vi | ŋai | | ŋuen | n̠iu | iuʔ |
| 南昌 | uɨi | uai | uai | n̠yɵn | i | n̠iuʔ |
| 高安 | ui | ŋai | ŋoi | ion | ø | iuʔ |
| 南豐 | vi | vai | vai | yɛn | nyk | yk |

## 2. ŋ- 聲母新生的條件與變異

　　這些影、疑母字增生 ŋ- 聲母的現象發生在 a、o（ɔ）、e 元音之前，也就是一、二等開口韻前。修水「哀、愛、挨」讀為 ei 韻母，是由 ai 韻母因韻尾 i 為前部發音，進行了預期同化而變

來。我們把江西贛語影、疑母增生 ŋ- 聲母的語音條件分為兩類，一為 a、o（ɔ）元音之前；一為 e 元音之前。我們不把 e 元音的語音環境列為第一語音環境，是因為元音 e 極易進行元音破裂（e＞ie、ei）。若在 e 元音前產生了 i 介音，那麼 e 元音對產生 ŋ- 聲母的優勢就會減弱。就如上表的修水、南豐贛語，雖然在 i 母音之前的影母，增生了一 ŋ- 聲母（「恩」字），似與上文我們描述的在 i 元音之前，不會產生 ŋ- 聲母的條件相觸，但其實不是這樣，因為「恩」字的韻母原型為 *en（臻開一），修水、南豐「恩」字韻母中的 i 元音，是在影母已經增生 ŋ- 聲母後才產生的。同樣的，「藕、偶」韻母中的 i 元音，也是由 e 元音破裂而來，這些讀為 ie 韻母的影、疑母字（恩、藕、偶），都是我們後續可持續觀察，是否會丟失 ŋ- 聲母的視窗。

## 3.江西贛語的疑母字

至於江西贛語的疑母字，我們可以在 i、u（v）、y 元音前，看到它們丟失 ŋ- 聲母的情形，而零星字仍保留中古 ŋ- 聲母的讀音，如修水的「元」。江西贛語疑母字在前部的細音 i、y 前，多前化為舌尖的 n，或是顎化為舌面的 ȵ 聲母。

### (1) u（v）元音之前

a. u 為介音

當 u（v）元音在韻母中為介音地位時，ŋ- 聲母傾向丟失，只有在零星字上還有 ŋ- 聲母與 u 介音搭配的情形，如：贛語修水的「魚 ŋui³、語 ŋui⁴、元 ŋuen³、月 ŋuel⁹」，萬載的「魚 ŋuěi²、語 ŋuěi³、外～面 ŋuai⁴、外～公 ŋuai⁴、偽 ŋuěi⁴、魏 ŋuěi⁴、月 ŋueʔ⁶」，東鄉的「瓦 ŋua³、外～面 ŋuai⁵」。

b. u 為單韻母裡的主元音

遇合一的疑母字：「吳、五、午」，在江西贛語裡，有大量變為成音節鼻音 ŋ 或 ŋ̍ 的傾向，部分方言點的 u 元音，則唇齒化而產生一個 v- 聲母。

**(2) i 元音之前變為 n、ȵ 聲母或丟失 ŋ- 聲母**

在 i 元音之前的 ŋ- 聲母，在江西贛語裡有兩種發展傾向：一是前化變為舌尖鼻音的 n 聲母；一是顎化為舌面的 ȵ 聲母，少數則丟失變為零聲母 ø-。前化或顎化變為 n、ȵ 聲母的疑母字，相較於後者是多數。

i 元音與 ŋ- 聲母的搭配，只有在零星字上還可以見到，如：贛語奉新的「牛 ŋiʌu²」，上高的「牛 ŋiæu²」，臨川的「牛 ŋiɛu²」，南豐的「牛 ŋiɛu²」，黎川的「逆 ŋiaʔ⁶」。這些在 i 元音前還保留 ŋ- 聲母的疑母字，又多集中在特定字（牛），以及特定方言點上，我們可當例外處理。

**(3) 其他相似的音變現象**

**a.永豐舌尖邊音 l- 聲母**

江西永豐贛語在 i 元音之前的疑母，有讀為舌尖邊音 l- 聲母的傾向。永豐 l- 聲母的前身是同為舌尖音的 n- 聲母。且永豐的泥母字也全部讀為邊音的 l- 聲母，顯然永豐讀為 l- 聲母的泥母字與疑母字的起點是相同的，都是舌尖 n- 聲母。永豐這些讀為舌尖邊音 l- 聲母的疑母字，是先從舌根鼻音 ŋ- 聲母，因後接前部的 i 元音而前化變為舌尖 n- 聲母的，然後 n- 聲母再變為同部位的舌尖邊音 l- 聲母，其音變過程如圖四：

永豐疑母　　ŋ- → n- ／ ＿ i

n- → l-

## 圖四　永豐疑母的音變過程

b.成音節鼻音 ŋ 或 ņ

　　另外，江西贛語還有影、疑母字，讀為成音節鼻音 ŋ 或 ņ 的如表十，看似也與影母字新生 ŋ- 聲母的音變相關，但不盡然。江西贛語這些讀為成音節鼻音 ŋ 或 ņ 的，在影母是通攝東韻合口一等的字。這些影母字會變為成音節鼻音的 ŋ，是由於舌根鼻韻尾 -ŋ，與前面的 o、u 韻母結合而成。在疑母，則是集中在遇攝合口一等，而遇攝的韻母是單元音的 u。成音節的鼻音 ŋ 或 ņ，是韻母的元音 u 與舌根 ŋ 聲母結合而成。前者的鼻音成分來自韻尾；後者的鼻音成分來自聲母。鼻音與高元音相搭配，容易產生成音節的鼻音。鄭曉峰〈漢語方言中的成音節鼻音〉一文中，對漢語南方方言中的成音節鼻音的地理分佈，做了一個大致的鳥瞰，發現成音節鼻音與高元音的密切關係，以下是鄭曉峰文中所歸納的四個成音節鼻音的音變規律[23]：

（1a）*ŋu ＞ ŋ

（1b）*mu ＞ m

（2a）*ŋi ＞ ŋ ～ hŋ

（2b）*ni ＞ n

---

[23]　鄭曉峰：〈漢語方言中的成音節鼻音〉，《清華學報》新第三十一卷第一、二期合刊（新竹：清華大學，2006 年）。

表十　江西贛語影、疑母字讀為成音節鼻音 ŋ 或 ŋ̩

| 影母 | 永修 | 修水 | 南昌 | 上高 | 萬載 | 東鄉 | 臨川 | 宜黃 | 永豐 |
|---|---|---|---|---|---|---|---|---|---|
| 翁 | | | | | | ŋ | ŋ | | ŋ |
| 蕹 | ŋ | ŋ | ŋ | ŋ | ŋ | ŋ | ŋ | ŋ | ŋ |
| 疑母 | 永修 | 修水 | 南昌 | 上高 | 萬載 | 東鄉 | 臨川 | 宜黃 | 永豐 |
| 吳 | u | u | ŋ | u／ŋ | ŋ̩ | ŋ | ŋ | | vu |
| 五 | ŋ | ŋ | ŋ | ŋ | ŋ̩ | ŋ | ŋ | ŋ | ŋ |
| 午 | u | ŋ | u | vu | ŋ̩ | ŋ | ŋ | u | vu |

## 4.江西贛語喻母字是 ŋ- 聲母不配 i、u（v）、y 元音的旁證

上文我們說過 ŋ- 聲母不宜與 i、u（v）、y 元音相配，從江西客贛語喻母字的聲韻母搭配關係上，也可以看出這個傾向。江西客贛語的喻母字是零聲母 ø-，且韻母開頭只有 i、u（v）、y 三類，除了 u 元音有唇齒化讀為 v- 聲母的例子外，其餘的喻母字都保持零聲母 ø- 的讀法，而沒有見到喻母字由零聲母 ø- 增生 ŋ- 聲母的例子。江西客贛語喻母字不新生一 ŋ- 聲母的現象，是 ŋ- 聲母不與 i、u（v）、y 元音相配的另個證明。

## （二）湖南湘語

湘語部分，我們以湖南的長沙、雙峰為代表點[24]。湘語影、疑母的類型大致與江西贛語一致，影、疑母開口呼字合流為零聲母後，再繼續演變，在 a、o（ɤ）、e（æ、ə）元音之前增生一舌根 ŋ- 聲母，而影母在 i、u、y 元音前，未新生此一聲母 ŋ-，疑母則在細音 i、y 前，顎化為舌面的 ȵ 聲母，在 u 元音前不增

---

[24] 北京大學中國語言文學系語言學教研室編：《漢語方音字彙》（第二版重排本）（北京：語文出版社，2003 年）。

生此一新生聲母。少數的影母字韻母以 o 起頭，但並未增生此一預期的舌根　ŋ- 聲母，細究之下，這些字原來都是以 u 元音起頭，後來才低化為 o 母音，試比較表十一：

表十一　長沙、雙峰未新生 ŋ- 聲母的影母字

| 影 | 腕 | 碗 | 豌 | 婉 | 蛙 | 惡善～ |
|---|---|---|---|---|---|---|
| 長沙 | ᶜõ | ᶜõ | ᶜõ<br>₌uan 俗 | ᶜõ | ₌ua | oₐ<br>oꜛ |
| 雙峰 | ᶜua | ᶜua | ᶜua<br>₌ua 俗 | ᶜua | ₌o | ₌ʊ |

長沙湘語影母的「沃 oₐ」字，雖讀為 o 元音，但原為合口來源，故不新生此一 ŋ- 聲母。長沙湘語影母的「握 oₐ」字，也不新生 ŋ- 聲母，推敲其韻母前身，也是以 u 元音起首，而北京國語的「握 uo」可做為參考。至於影母的「阿」字，長沙文讀為 ₌o、白讀 ₌a；雙峰文讀 ₌ʊ、白讀 ₌ŋo，雙峰的「阿」字白讀才是湘語的原本型態。

至於遇合三的疑母字，如「語、遇、寓」字，雙峰湘語表現為舌根鼻音 ŋ- 顎化後的舌面鼻音聲母 ȵ-；而長沙湘語以讀零聲母為主要趨勢，讀音如表十二。

表十二　長沙、雙峰遇合三的疑母字

| 疑母 | 語 | 遇 | 寓 |
|---|---|---|---|
| 長沙 | ᶜy 文<br>ᶜȵy 白 | yꜛ | yꜛ |
| 雙峰 | ᶜȵy 白 | ȵyꜛ | ȵyꜛ |

# 陸、粵語變動型

　　以下我們根據《廣東方言概要》[25]裡記錄的語音做為分析的語料。大部分方言點的影母讀音，大致維持近代以來的零聲母ø-，而疑母字的走向分歧，有丟失、保留等不同類型。

　　相對於閩語的宋代保守型，以及國語型影、疑母的聲母脫落型，以及贛、湘語型的新生聲母型，粵語是處於中間階段的變動型，而廣東粵語短元音 ɐ 前的疑母字讀音，可給我們進一步的語音啟示。

## （一）廣東粵語疑母字的走向

### 1.完全保留型

　　以香山片的中山以及四邑片的臺山、開平為代表，這一型的粵語可歸入「閩語型（宋代保守型）」，放在粵語中討論，更可讓我們窺見廣東粵語疑母丟失與演變參差不齊的景況。香山片的中山，無論在高元音或低元音前，都保留這個中古以來的 ŋ 聲母，只有零星字丟失 ŋ 聲母。四邑片的臺山、開平則是把這個疑母的 ŋ 聲母轉成同部位的舌根濁塞音，前面帶些微的鼻音感，讀為 ᵑg- 聲母。

### 2.完全脫落型

　　與廣州粵語同為粵海片的順德，在疑母字部分，有著與廣州粵語迥異的表現，也就是中古的疑母字，完全脫落了舌根 ŋ 聲母，變成了零聲母。順德粵語可歸入「國語型（零聲母完成

---

[25]　詹伯慧：《廣東粵方言概要》（廣州：暨南大學出版社，2002 年）。

型）」。

### 3.粵語變動型：在不同元音前有不同的表現

　　廣東粵語除去以上的「完全保留型」、「完全脫落型」外，大部分的廣東粵語都屬於變動型，也就是疑母在不同元音前，有不同程度的保留或脫落情況。這些粵語包括粵海片的廣州、四邑片的斗門、北江流域的韶關、高雷片的信宜與廉江，與西江流域的雲浮。

### (1)高元音脫落、低元音保留

　　在 i、u、y 等高元音前，疑母的 ŋ 聲母傾向丟失，在 a、o（ɔ）等低元音前，傾向保留 ŋ 聲母。

### (2)遇攝合口一等

　　廣東粵語遇攝合口一等的疑母字，因搭配高元音 u，而變為成音節鼻音 ŋ̩ 或 m̩。

### (3)短元音 ɐ

　　廣東粵語短元音的形成環境與條件多樣，可歸納為以下幾點。

　　　　產生條件：1. ai　2. (i～)e／鼻、塞尾　3. (i～)eu
　　　其一：造成短母音 ɐ 促化作用的產生，主要動力在高韻尾
　　　　　　的 i 上，是一種預期同化。蟹開二 ai 大部分字沒有
　　　　　　促化的短母音 ɐ，則是有其語音內部與外部的因素
　　　　　　制衡影響。
　　　其二：廣東粵語支、脂、微讀為短母音 ɐ 的條件為一偏後
　　　　　　（k、h-）、高（u）的音韻條件影響所致。

$$*jw\breve{e}\ 支$$
$$*jwi\ 脂$$
$$*j\breve{e}\ 微$$

jwi $\longrightarrow$ juei $\longrightarrow$ juai $\longrightarrow$ uɐi ／＿ 後、高發音部位　（促化）

其三：偏前母音 e 與偏高介音 i 的互相拉高，是造成短母
音 ɐ 產生的原因。

其四：e 本身即有（i～e）的音值素。[26]


其中短元音 ɐ，在第二點的出現環境：「(i～)e／鼻、塞
尾」，部分字前身為三等字，具有 i 介音。這六個粵語方言，大
體都會在高的 i 元音前，丟失 ŋ 聲母，而這裡的短元音 ɐ 前的鼻
音 ŋ 聲母卻未丟失，如果說這些 ŋ 聲母是新生的，我們就必須解
釋，為什麼同為短元音 ɐ 起頭的影母字，卻不增生此一 ŋ 聲母，
如：廣州「暗 ɐm³³」、斗門「歐 ɐu⁴⁵」、信宜「扼 ɐk⁵⁵」。因
此，這些原出現環境是三等的疑母字，聲母的 ŋ 是一保留，而非
創新的結果。至於保留的原因在於 i 元音已融進短元音 ɐ 中，使
得韻母元音下降，少了高元音 i 後，ŋ 聲母得以保留，如表十
三。其他以短元音 ɐ 起頭的疑母字也傾向保留 ŋ 聲母，如：廣州
「藝 ŋɐi²²」、「毅 ŋɐi²²」、「蟻 ŋɐi¹³」、「藕 ŋɐu¹³」，不過這
幾個三等、一等的字，他們前一階段的韻母型態為 ai 與 eu，並
不含 i 介音，故此處不多做討論。

---

[26]　彭心怡：《廣東袁屋圍粵語調查研究》（臺中：中興大學中國文學研究
　　所碩士學位論文，2005 年），頁 91-92。

### 表十三　粵語方言保留 ŋ 聲母的三等疑母字[27]

|   | 廣州 | 斗門 | 韶關 | 信宜 | 雲浮 | 廉江 |
|---|---|---|---|---|---|---|
| 牛 | ŋɐu²¹ | ŋɐu⁴² | ŋɐu²¹ | ŋɐu²¹ | ŋɐu²¹ | ŋɐu¹¹ |
| 銀 | ŋɐn²¹ | ŋɐn⁴² | ŋɐn²¹ | ŋɐn²¹ | ŋɐn²¹ | ŋɐn¹¹ |

#### 4.東莞為贛、湘語型（新生聲母型）

　　莞寶片的東莞粵語，影、疑母開口呼合流並新生一舌根 ŋ-
聲母，其條件是在 a、o、e 元音前易產生。其中，短元音 ɐ 前也
新生此一鼻音 ŋ- 聲母，但這個短元音 ɐ 若前身是一個具有 i 介
音的韻母，則不會新生此一鼻音 ŋ- 聲母。在高元音 i、u（v）、
y 元音之前，也不會新生此一 ŋ- 聲母。

　　廣東粵語裡有一個較為特殊的圓唇元音 ø，不屬於高元音的
發音部位，照理可產生這個新生的 ŋ- 聲母，但我們在 ø 元音
前，看不到這個舌根的 ŋ- 聲母，因為 ø 元音的產生條件為「1.
圓唇性質元音或介音 2. 偏前、偏細的元音、介音。在廣東粵語
中，前者為 o／ɔ、u；後者為 i」[28]。因 ø 元音的前身都含有一個
i 介音，所以在形成含 ø 元音的韻母前，這些韻字便已排斥 ŋ- 聲
母，例如：「冤 zøn²¹³」、「約 zø³²」。

　　這裡就形成了一個有趣的對比，原含有 i 介音與圓唇元音的
疑母韻字，在變為 ø 元音後，聲母的 ŋ- 被排斥；而含有短元音
ɐ 的疑母韻字，若前身含有 i 介音，在形成含短元音 ɐ 的韻母

---

27　整理自：詹伯慧：《廣東粵方言概要》（廣州：暨南大學出版社，2002
　　年）。

28　彭心怡：《廣東袁屋圍粵語調查研究》（臺中：中興大學中國文學研究
　　所碩士學位論文，2005 年），頁 92。

後，聲母 ŋ- 易被保留。為什麼前身都是有 i 介音的韻母，短元音 ɐ 傾向保留 ŋ- 聲母；而圓唇 ø 元音則趨向排斥 ŋ- 呢？前者是因為消融了 i 介音，所以還能保留 ŋ- 聲母；後者雖然也消融了 i 介音，但圓唇 ø 元音卻有排斥 ŋ- 聲母的效果。

廣東粵語臻開一、三等同型，東莞的「恩 zɐn²¹³」、「因 zɐn²¹³」，前身是*en，後 e 元音又進行了元音破裂變為（i）e，所以也容易排斥 ŋ- 聲母，對照其他廣東粵語，這兩個字也多有一個 i 介音存在。東莞的「沃 zok⁴⁴」、「翁 zoŋ²¹³」，雖屬通合一，應不含 i 介音，但對照其他廣東粵語的讀音，這兩個字前身是有 i 介音的。

## （二）蘇州、溫州吳語

蘇州與溫州的吳語，也屬於粵語變動型，影母字都讀為零聲母，疑母字的 ŋ 聲母，在中高、中、低母音（ɤ、ɒ、o、e、a、ə、ɛ、ʌ）前則保留這個 ŋ 聲母，而在高元音 i、u、y 前丟失，在細音 i、y 之前，除了變為零聲母之外，也有變為舌尖鼻音 ȵ 聲母的。溫州吳語的「昂 ₌ŋuɔ」，看似例外，但其實不是。「昂」的 u 介音，是因為後頭的 ɔ 元音的圓唇性質，ɔ 元音產生了元音破裂，後來才產生這個 u 介音的。無論疑母是丟失舌根鼻音 ŋ 聲母；或變為舌尖 ȵ 聲母，都說明了 ŋ 聲母與高元音 i、y 不相配的語音事實。蘇州與溫州的吳語，遇合一的疑母字，則讀為成音節鼻音 ŋ̍ 或 m̩。

## （三）小結

### 1.贛、湘語型與粵語變動型的迥異影母層

　　贛、湘語型與大部分的廣東粵語，疑母都是在低元音前讀 ŋ 聲母，高元音前讀零聲母，為什麼我們認為贛、湘語型的疑母是新生？而粵語型的疑母是舊形式的 ŋ 聲母，在不同條件下的參差丟失？原因就在於兩者在影母音讀層上的差異，如表十四，贛、湘語型的影母在 a、o（ɔ）、e 元音前，由零聲母新生一 ŋ 聲母，而不在 i、u、y 等高元音前增生。大部分的廣東粵語，排除了「完全保留型」、「完全脱落型」與「贛、湘語型」後的粵語，我們看到的是影母仍保持零聲母。簡言之，即使疑母的音讀相似如表十五，但粵語影母字的音讀，仍透露了他們彼此是不同音層的事實。

表十四　贛、湘語型與粵語變動型在影母上的差異

| 影母 | 贛、湘語型 | ŋ- ／ __ a、o（ɔ）、e |
|---|---|---|
| | | ø- ／ __ i、u（v）、y |
| | 粵語變動型 | ø- |

表十五　贛、湘語型與粵語變動型在疑母上的相同

| 疑母<br>（表現相同） | 贛、湘語型<br>與粵語 | ŋ- ／ __ a、o（ɔ）、e |
|---|---|---|
| | | ø- ／ __ i、u（v）、y |

## 2.影母字讀 ∅- 的方言分布

　　查閱《漢語方言地圖集》[29]，發現影母字的音讀，分佈在南方的，大抵可以從長江出海口，也就是上海一帶往西看，包含整個浙江省、福建省，江西省的南方，以及廣東、廣西、雲南……等省分，這些地方的影母字大體都讀作零聲母，也是保持近代以來，影母字讀為零聲母的固有堡壘。北方如東北三省、北京、山東半島……等，雖也有影母字讀為零聲母的表現，但我們知道，這項影母字零聲母的音讀，還擴及了疑母字，所以跟南方這些讀為零聲母的影母字，實際上是不同的。影母的音讀，必須要與疑母字的音讀相參看，才能理出其中的音變邏輯順序來，即使是中古影母字，現今都讀為零聲母的閩語、吳語與廣東粵語，我們也可以根據其相配的疑母字音讀，再分出粵語變動型與以下的閩語型。

# 柒、閩語型（宋代保守型）

## （一）舌根鼻音 ŋ- 可搭配高與非高元音

　　廈門、潮州、福州以及建甌的閩語[30]，在影母字的部分，仍保持近代音以來的漢語趨勢，讀為零聲母，只有建甌閩語在零星字上有鼻音聲母的表現（亞 ŋaˀ、懊 ŋaˀ、奧 ŋaˀ），可視作例

---

[29]　曹志耘主編：《漢語方言地圖集》（北京：商務印書館，2008 年），頁 91。

[30]　北京大學中國語言文學系語言學教研室編：《漢語方音字彙》（第二版重排本）（北京：語文出版社，2003 年）。

外或移借。至於這些閩語在疑母字的部份，在各類母音前，包括高元音 i、u、y 以及非高元音 a、o、e，閩語都保留著這個舌根的 ŋ 聲母，沒有丟失。閩語的疑母字除了有保留良好的 ŋ- 聲母讀音情形外，還有以下幾種情況。

## （二）疑母字

### 1.多變為同部位的濁塞音 g-（k-）

　　閩南的廈門、泉州、永春、漳州、龍岩、大田[31]的疑母字，這個舌根鼻音的 ŋ- 聲母，多轉換成同部位的濁塞音 g-。潮州閩語也有類似的音變現象，但比起廈門的情況來得零星。莆田話的疑母部分也轉為同部位的 k- 聲母[32]，可推論前身為濁塞音的 g- 聲母。

### 2.變為送氣清擦音 h-

　　閩南的廈門、泉州、永春、漳州、龍岩、大田[33]的疑母字，在高元音 i、u、y 之前有變為送氣清擦音 h- 的表現。

　　不止是 ŋ- 聲母後接高元音會變為 h- 聲母，純粹高元音起頭的韻字，也可由零聲母產生此一 h- 聲母。西江流域的粵語裡，云、以母字多讀 j- 或 ∅- 聲母，但現今不少方言點的云、以母字已有讀為 h- 聲母的現象，甚至日、泥母字也有讀為 h- 聲母的表現，如表十六，可見得「高元音」是產生此一 h- 聲母的背後語音機制。

---

[31]　陳章太、李如龍：《閩語研究》（北京：語文出版社，1991 年）。

[32]　陳章太、李如龍：《閩語研究》（北京：語文出版社，1991 年）。

[33]　陳章太、李如龍：《閩語研究》（北京：語文出版社，1991 年）。

**表十六　西江流域的粵語，云、以母後接高元音，聲母讀為 h-**[34]

| | 葉以 | 姨以 | 以已以 | 演以 | 雨云 | 員圓云 |
|---|---|---|---|---|---|---|
| 肇慶 | hip³³ | hei²¹（老）／ji²¹（新） | hei¹³ | hin¹³ | hœy¹³（老）／jy¹³（新） | hyn²¹ |
| 廣寧 | hit²¹⁴ | hi²¹ | hi²¹⁴ | hin²¹⁴ | hy²¹⁴ | hyn²¹ |
| 雲浮 | ／ | ／ | ／ | hip³³；jin¹³ | ／ | ／ |

| | 矣云 | 如日 | 撚泥 | 伍疑 |
|---|---|---|---|---|
| 廣寧 | hin²¹ | hy²¹ | hin²¹ | hŋ²¹⁴ |

### 3.變為零聲母 ø-

　　閩語的疑母字，多數讀為舌根鼻音 ŋ- 聲母；也有部分字丟失 ŋ- 聲母，而讀為零聲母的，如：閩東周寧「瓦 uo²」；閩南大田「蟻 ji²」；以及介於閩南與閩東之間的尤溪「瓦 ua²」；閩中永安「瓦 ˵uɑ」；閩中沙縣「蟻 ˵ya」、「鵝 ˵ya」、「牛 ˵iu」，閩北建甌「瓦 ua²」[35]。

## （三）江西贛語偏官話型；江西客語與梅縣客語偏閩語型

　　前文提及，江西贛語與官話相同，影、疑母開口呼合流為零聲母後，便新生一聲母，在江西贛語，此一新生的聲母為舌根鼻音 ŋ- 聲母。當我們視野再往南移，目光聚焦在江西客語時，情況就不是如此了。江西客語的影、疑母讀音情況屬閩語型，也就

---

[34] 詹伯慧：《廣東粵方言概要》（廣州：暨南大學出版社，2002 年），頁 171。

[35] 陳章太、李如龍：《閩語研究》（北京：語文出版社，1991 年），頁 60。

是影母維持中古至近代以來的零聲母；疑母仍讀舌根鼻音 ŋ- 聲母，但江西客語的疑母 ŋ- 聲母保留情況並不像閩語那麼好，江西客語疑母的 ŋ 聲母，部分在 u（v）母音前有丟失的現象，在細音 i、y 元音前，則有丟失或前化為 n- 聲母，抑或顎化為舌面 ȵ- 聲母的情形，如表十七。至於客語的代表──梅縣客語的影、疑母讀音型態，也屬於閩語型（宋代保守型）。梅縣客語[36]的影字維持中古至近代以來的零聲母。疑母仍讀 ŋ- 聲母，而 ŋ- 聲母在細音 i 元音前，有顎化為舌面 ȵ- 聲母的情形。梅縣客語因無 y 元音起頭，這裡可不討論。梅縣客語疑母的 ŋ- 聲母在以 u 為主元音的韻母裡，有讀為成音節鼻音的表現（吳 ₌ŋ、梧 ₌ŋ、午 ˗ŋ、伍 ˗ŋ、魚 ₌ŋ）。

### 表十七　江西客語疑母的音讀情形

| 疑 | 獄 | 玉 | 偽 | 魏 | 元 | 外~面 | 外~公 |
|---|---|---|---|---|---|---|---|
| 南康 | io | y | ve | ve | yẽ | væ | væ |
| 井岡山 | ŋiuk | ŋiuk | vi | vi | ŋiɛn | ŋoi | ŋoi |
| 安遠 | i | i | ŋue | ŋue | niõ | ŋoe | ŋoe |
| 龍南 | iɤʔ | niɤʔ | ŋui | ŋɔi | niuɔin | ŋɔi | ŋɔi |
| 石城 | niuk | niuk | ŋuei | ŋuei | nien | ŋɔi | ŋɔi |
| 疑 | 語 | 義 | 疑 | 驗 | | | |
| 南康 | ni | ni | ȵi | niẽ | | | |
| 井岡山 | ŋi | ŋi | ŋi | nian | | | |
| 安遠 | ni | ȵi | ȵi | niã | | | |
| 龍南 | ni | ni | ni | nian | | | |
| 石城 | ŋiu | ni | ni | niam | | | |

36 北京大學中國語言文學系語言學教研室編：《漢語方音字彙》（第二版重排本）（北京：語文出版社，2003 年）。

江西龍南客語的「元 niuɔin²」韻尾 n 前的 i 元音，是一新生的韻母元音，參見[37]。

# 捌、音變的動機與方向

## （一）非高元音的共鳴腔大是突顯鼻音 ŋ- 聲母的主因

由官話、江西贛語以及湘語的影、疑母的讀音，我們知道，ŋ- 聲母與 a、o、e 元音搭配良好，而與 i、u、y 元音搭配關係差。

下部的橢圓圓形表示聲帶，中間的虛線表示懸雍垂（小舌）。發口母音時懸雍垂上舉，關閉齶咽通道，氣流只通過口腔；當懸雍垂下垂，氣流同時通過口腔和鼻腔，發出鼻化母音。當懸雍垂下垂關閉口腔通道，氣流只通過鼻腔，發出鼻輔音。發鼻化母音時，在聲學理論上等於主聲道（口腔）旁通一個分支（鼻腔）。由此引入新的極與零對，將「修正」母音譜；在語圖上，500Hz 以下有一能量較大的鼻音共振峰；在 F2、F3 之間也會出現能量較小鼻音共振峰；在功率譜分析時，我們往往注意母音 /a/ 鼻化特徵因為這個母音的共振峰在 800Hz 以上，所以 500Hz

---

[37]　Peng, Hsin-yi (彭心怡). 2011. 'A Brand-new i Vowel, Discontinuous Tone and Lateral-ending of the Gan (贛) Dialect in Jiangxi (江西)', "US-China Foreign Language", David Publishing Company, Volume 9, Number 6, June.

以下的鼻音共振峰能得到充分顯示。[38]

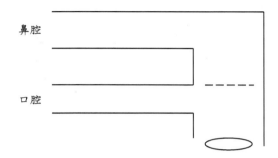

　　因為鼻輔音的共振峰小（500Hz 以下），若是搭配的元音的共振峰也小的話，那麼就會讓這個鼻輔音因為共振波低的關係，而在音感上有聽不清楚的感覺。就如同鮑懷翹提到：在鼻化母音功率譜的分析上，總是舉最典型的 /a/ 元音為例，因為 /a/ 元音的口腔開口度最大，共鳴腔也最大，才能使共振峰小的鼻輔音有比較清楚的聽感。換個生動的比喻來說，如果共振峰小的鼻輔音是海裡等待救援的小船的話，那麼開口度大的 /a/ 元音就是高度高、強度強的大浪，可以把鼻輔音小船托高，而讓搜救的空中直升機看到，也就是可以被人們聽見的意思。元音 i、u、y 都屬於高元音，口腔的開口的通道窄小，產生共鳴的空間小，若這些高元音前面出現鼻輔音的話，自然在聽感上是較模糊的。

---

[38]　鮑懷翹：〈普通話語音生理和聲學分析簡介〉（續 1），《聽力學及言語疾病雜誌》第 12 卷第 4 期（2004 年），頁 186。

## （二）新生的 ŋ- 聲母是內部發音器官在預備發音前的肌肉動作

　　這些官話、江西贛語與湘語，合流為零聲母的影、疑母開口呼的字，它們音節的起始部分是元音。當我們要發一個以元音起始的音節時，常有兩種狀況：第一種是「喉頭裡的假聲帶有緊縮的動作」[39]，這時在元音前面產生的是喉塞音 ʔ 的音感，或是略帶喉塞音的 ʔ- 聲母。

> 「喉塞音」（glottal stop）一般認為是在聲門形成閉塞的音：緊閉聲門，把聲門下的氣流閉塞住，從而停止聲帶的顫動，而聲門上面的口腔內則沒形成任何閉塞或阻礙。這種說法，要是單就聲門的狀態說是對的，但並沒有說明喉塞音的全部情況。在喉塞音的發音動作中，我們往往能發現的是聲門上面的緊縮運動（supraglottic laryngeal constriction），特別是假聲帶的內轉運動。[40]

　　第二種情況是小舌略微下垂，但未完全關閉口腔通道，有氣流略從鼻腔逸出，形成鼻輔音。這個音感不強的鼻輔音，應是較靠近後部小舌動作的舌根鼻音 ŋ-。這個後部的舌根鼻音 ŋ-，或是喉塞音 ʔ- 聲母的產生，大約都可以解釋為發音器官，為預備

---

[39] 岩田禮：〈漢語方言入聲音節的生理特徵——兼論入聲韻尾的歷時變化〉，《中國境內語言暨語言學》第一輯（1992 年）。

[40] 岩田禮：〈漢語方言入聲音節的生理特徵——兼論入聲韻尾的歷時變化〉，《中國境內語言暨語言學》第一輯（1992 年），頁 524。

發音時的內部肌肉的預備動作，只不過，喉塞音的聲門緊縮動作，未涉及口腔，所以沒有口部元音的環境限制；而這個新生的**鼻音 ŋ- 聲母**，因為鼻音共振峰小的緣故，只能靠非高元音的共鳴來突顯音感，所以有其元音出現的環境限制。

如果說，喉塞音 ʔ- 與鼻音 ŋ- 都是發音器官，在發音前的內部肌肉預備動作。那麼除了元音起始的音節外，我們也可以預想在輔音起始的音節，也應該會有相同的肌肉動作產生，但為何沒有相關的例證呢？因為元音是響音，共振峰大，才能讓前面的內部肌肉動作的聲響被聽清楚；若是輔音起始的音節，就算發音器官內部肌肉有些動作，在聽感上也是聽不見的。

前文我們還看到，在冀魯官話、中原官話、蘭銀官話，以及安徽江淮官話裡，影、疑母開口呼的字，不是新生一舌根鼻音 ŋ- 聲母，就是變為前部的 n 聲母，有些還新生了一喉擦音 ɣ- 聲母，甚至在安徽的江淮官話裡，我們還能看到新生一捲舌 ʐ- 聲母的情況。

## （三）ŋ-、ɣ- 是彼此的替換形式（山東方言）

前文提及的喉塞音 ʔ- 與鼻音 ŋ- 聲母，是發音前內部肌肉的預備動作，前者若摩擦感加重，則會進一步演變為喉擦音 ɣ- 聲母，而捲舌聲母也是這個摩擦感強化的音變成果，在變為捲舌聲母前，此音變應有一 j- 聲母的中間階段：ø-> （j-）>ʐ-。

山東方言的影、疑母開口呼的字合流，有讀為零聲母 ø-、舌根鼻音 ŋ- 聲母以及喉擦音 ɣ- 聲母等不同型態。例如「愛」字，東部的東萊片全讀零聲母 ø-，中部讀為舌根鼻音的 ŋ- 聲母，而西部則是喉擦音的 ɣ- 聲母，如圖五，如此看來，ɣ-、ŋ-

聲母可做為彼此的替換形式，若是口部感增強，會把這個發音前的內部肌肉預備動作，發為喉擦音的 ɣ- 聲母，而口部感減弱，便發為舌根鼻音的 ŋ- 聲母。

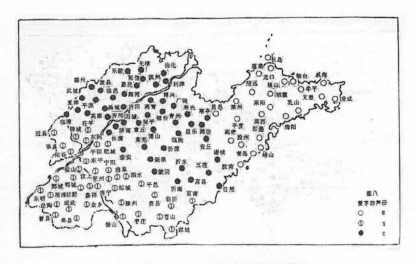

圖五　「愛」字在山東方言裡的讀音：
○代表零聲母；●是 ŋ-聲母；①是ɣ-聲母[41]

## 玖、結語

現代漢語方言的影、疑母讀音，可分為四種型態：一、國語型（零聲母完成型），二、贛、湘語型（新生聲母型），三、粵語變動型，影母大部分維持零聲母，而疑母在不同元音前，有不

---

[41]　錢曾怡：《漢語方言研究的方法與實踐》（北京：商務印書館，2002年），頁152。

同程度的保留或脫落情況。吳語的蘇州、溫州可以歸在此一變動型態中。四、閩語型（宋代保守型）。第二型是第一型全面零聲母化後的再度演變，雖然範圍廣，見於大部分的官話區與贛語、湘語中，但北京話「標準化」的力量強大，使得這些在原影、疑母位置已新生一聲母的語言，有再度回歸零聲母的可能，如北京官話的訥河型。

第二型（新生聲母型）最常見的型態，是新生一舌根鼻音 ŋ- 聲母，也正因為如此，這些語言的疑母容易被誤會，從中古以來並未改變，而只是保留中古疑母的讀音。實際上，第二型的這些疑母，在開口呼條件下，說得更清楚些，就是 a、o（ɔ）、e 元音前的 ŋ- 聲母讀音，是創新的成果，而我們必須在細音 i、y 前，才能找到它們舊有鼻音形式（n-、ȵ-）的保留。這個影、疑母開口呼合流後，新生的聲母，除舌根 ŋ- 聲母的讀音外，還可在其他官話區見到喉擦音 ɣ- 聲母與捲舌 ʐ- 聲母的類型。

第三型是粵語變動型。第二型與第三型在疑母的音讀上，表面看起來一樣，都是在非高元音面前讀 ŋ- 聲母，高元音前讀零聲母，但藉由兩型在影母讀層上的迥異，我們可以知道第二型與第三型的疑母字，並不是同一音層上的表現。

第四型最為守舊，我們稱之為宋代保守型，影母維持中古以來的零聲母；疑母仍讀舌根鼻音 ŋ- 聲母，代表方言為閩語。有趣的是，江西北方的贛語是第二型，是大部分官話的再演變，而江西南方的客語則趨向保守，屬閩語型，一北一南，一先進；一保守，這也可作為江西贛語與客語的分判語音標準之一。

藉由發音器官的討論，我們可更深究這個舌根鼻輔音 ŋ- 的語音性質。因為鼻輔音的共振峰小（500Hz 以下），若是搭配的

元音的共振峰也小的話，那麼就會讓這個鼻輔音因為共振波低的關係，而在音感上有聽不清楚的感覺。舌根鼻輔音 ŋ- 易與 a、o（ɔ）、e 等元音搭配，因為這些母音都是「非高」元音，響度大，能夠突顯鼻輔音 ŋ- 聲母。至於鼻輔音 ŋ- 在高元音 i、u（v）、y 之前不易出現或容易脫落的表現，則是因為這些高元音的響度小，會使得鼻輔音 ŋ- 聲母在聽感上有模糊的感覺。

# 引用文獻

## 一、專書

### （一）中文

〔英〕威妥瑪著，張衛東譯，《語言自邇集——19 世紀中期的北京話》，北京：北京大學出版社，2002。

王力，《漢語史稿》，北京：中華書局，1980。

王力，《漢語語音史》，北京：商務印書館，2008。

北京大學中國語言文學系語言學教研室編，《漢語方音字彙》（第二版重排本），北京：語文出版社，2003。

何大安，《規律與方向：變遷中的音韻結構》，中央研究院歷史語言研究所專刊之九十，中央研究院歷史語言研究所，1988。

侯精一主編，《現代漢語方言概論》，上海：上海教育出版社，2002。

孫宜志，《安徽江淮官話語音研究》，合肥：黃山書社，2006。

張世方，《北京官話語音研究》，北京：北京語言大學出版社，2010。

曹志耘主編，《漢語方言地圖集》，北京：商務印書館，2008。

陳章太、李如龍，《閩語研究》，北京：語文出版社，1991。

葉寶奎，《明清官話音系》，廈門：廈門大學出版社，2001。

詹伯慧，《廣東粵方言概要》，廣州：暨南大學出版社，2002。

劉綸鑫，《客贛方言比較研究》，北京：中國社會科學出版社，1999。

魯國堯，《魯國堯語言學論文集》，江蘇：江蘇教育出版社，2003。

錢曾怡，《漢語方言研究的方法與實踐》，北京：商務印書館，2002。

（二）西文

Terry Crowley, An introduction to historical linguistics, Oxford University Press, 1992.

二、期刊

（一）中文

岩田禮，〈漢語方言入聲音節的生理特徵──兼論入聲韻尾的歷時變化〉，《中國境內語言暨語言學》第一輯（1992），頁 523-537。

林燾，〈北京官話溯源〉，《中國語文》第 3 期（總第 198）（1987），頁 161-169。

竺家寧，〈近代漢語零聲母的形成〉，《近代音論集》（1994），頁 125-139。

鄭曉峰，〈漢語方言中的成音節鼻音〉，《清華學報》新第三十一卷第一二期合刊（2001），頁 135-159。

鮑懷翹，〈普通話語音生理和聲學分析簡介〉（續 1），《聽力學及言語疾病雜誌》第 12 卷第 4 期（2004），頁 285-286。

（二）西文

Peng, Hsin-yi (彭心怡), A Brand-new i Vowel, Discontinuous Tone and Lateral-ending of the Gan (贛) Dialect in Jiangxi (江西), US-China Foreign Language, David Publishing Company, Volume 9, Number 6, June (2011), p.345-356.

三、學位論文

（一）博士

洪惟仁，《音變的動機與方向：漳泉競爭與臺灣普通腔的形成》，新竹：清華大學語言學研究所，2002。

（二）碩士

彭心怡，《廣東袁屋圍粵語調查研究》，臺中：中興大學中國文學研究所，2005。

本文初稿曾發表於《語言學論叢》52 輯，北京大學中文系漢語教研室和語言學教研室（CSSCI），2015 年 12 月，頁 161-190（此刊物為歐洲科學基金會人文科學標準委員會選出全世界 85 種語言學刊物中，入選的三個中文出版的期刊之一）。

# 第二篇
# 雅瑤粵語完全丟失唇塞音聲母的
# 背後成因（附方音調查字表）

## 摘　要

　　廣東雅瑤粵語，完全不存在任何一種聲母形式的唇塞音，在漢語方言中是一種罕見的語言現象。在《廣東粵方言概要》裡記錄的開平粵語，雖也可以見到類似丟失唇塞音 p、pʰ 的現象，但開平粵語這項丟失唇塞音 p、pʰ 的語音變化，仍在進行中，因此我們在開平粵語中，還可看見不少保留唇塞音 p、pʰ 的字彙。雅瑤粵語的情況，則較為極端，唇塞音 p、pʰ 聲母完全丟失，變為一個完全沒有唇塞音聲母的語言。

　　本文將利用筆者 2010 年 8 月調查廣東雅瑤粵語的語調資料，來探討雅瑤粵語沒有唇塞音的原因。我們發現要探討雅瑤粵語唇塞音不存的現象，不能光就唇塞音的角度去看，而必須把廣東粵語溪母字送氣擦化、雅瑤粵語精組讀為端組、舌尖送氣塞音擦化、舌尖塞音去塞化變為零聲母的語音演變，一併考慮進去，才能把廣東雅瑤粵語，今日完全不存唇塞音聲母的背後成因討論的更清楚。

**關鍵詞**：唇塞音、雅瑤、粵語、廣東

# Abstract

Ya Yao (雅瑤) , a kind of Yue (粵) dialect, as we have seen, distinguishes a series of bilabial obstruent initials from other languages of the world. The obvious disparity of Ya Yao (雅瑤) is that it doesn't have any bilabial obstruent initial. In this article, we will discuss the phonetic motivation and process of losing bilabial obstruent initials of Ya Yao (雅瑤).

The aspirated feature of obstruent initials of Ya Yao (雅瑤) can be viewed as having strong friction, so it can ignite a series of phonetic changes of losing bilabial obstruent initials (p-, $p^h$-), dental obstruent initials (t-, $t^h$-) and velar obstruent initial ($k^h$-).

**Keywords:**     bilabial obstruent initials,    Ya Yao (雅瑤),    Yue (粵) dialect, Guang Dong (廣東).

# 壹、前言

在廣東粵語裡，有個迴異的語音現象，那就是雅瑤粵語在聲母系統中，不存在任何形式的雙唇塞音聲母。

> 開平、鶴山（雅瑤）等地古幫母字和並母仄聲字有念為唇齒濁擦音 v 的現象，如開平、鶴山（雅瑤）「壩」都念 ₌va，「暴」開平念 ˚vɔ、鶴山（雅瑤）念 vau˚。鶴山（雅瑤）聲母中已沒有雙唇塞音，這是很特別的。[1]

雅瑤粵語丟失唇塞音聲母的情況較開平更為極端，唇塞音 p、pʰ 的聲母完全丟失，變為一個完全沒有唇塞音聲母的語言。相比之下，開平仍有少部分的 p 聲母保留，至於送氣的 pʰ 聲母也存留不少。本文將以筆者 2010 年 8 月在廣東雅瑤的田調語料為基礎，討論雅瑤粵語丟失唇塞音聲母的動機與過程。

## 貳、雅瑤粵語聲母的殊異性

### （一）雅瑤粵語的聲母、韻母與聲調

雅瑤粵語的同音字表附在全文之後，以下列出雅瑤粵語的聲母、韻母、聲調等概況。

---

[1]　詹伯慧主編：《漢語方言及方言調查》（武漢：湖北教育出版社，1991年），頁 105。

## 1.聲母

包括零聲母,雅瑤粵語聲母共 17 個。

ø v h f t tʰ ts tsʰ s ɬ k kʰ m n ŋ l j

## 2.韻母

雅瑤粵語共 69 個,包含一個成音節的 m̩,如以下表一所列。

### 表一　雅瑤粵語的韻母概況

| a | ai | au | am | ap | an | at | aŋ | ak |
|---|----|----|----|----|----|----|----|-----|
| i |    | im | ip | in | it | iŋ | ik | |
| ia | iau | iam | iap | ian | iat | iaŋ | iak | |
| iɔ |    |    |    |    |    | iɔŋ | iɔk | |
| u | ui |    | up | un | ut | uŋ | uk | |
|   | uai |    |    | uet | | | | |
| ɛ | ei |    | em | ep | en | et | eŋ | ek |
| ie |    |    |    |    | | | | |
| ə |    |    |    | ən | ət | əŋ | ək | |
| iə |    |    |    |    | | | | |
| ɔ | ɔi |    | ɔn | ɔt | ɔŋ | ɔk | | |
| uɔ |    |    |    |    | | | | |
| y | ye |    | yn | yt | yuŋ | | | |
| ø | øy |    | øn | øt | øŋ | øk | | |
| m̩ |    |    |    |    | | | | |

## 3.聲調

雅瑤粵語共 8 個,如表二所列。

## 表二　雅瑤粵語的聲調概況

| 陰平 | 陽平 | 陰上 | 陽上 | 去聲 | 上陰入 | 下陰入 | 陽入 |
|------|------|------|------|------|--------|--------|------|
| 33 | 12 | 55 | 21 | 32 | 55 | 33 | 22 |

去聲字多有讀為陰平 33 調的現象。

## （二）世界其他語言的情況

　　Ian Maddieson [2] 所整理的 317 語言裡，只有阿留申語（Aleut）[3]、胡帕語（Hupa）[4] 沒有唇塞音。阿留申語沒有唇塞音，但有舌尖、舌根部位塞音，胡帕語則連舌根塞音都沒有。

　　在 Ian Maddieson 研究的 317 種語言中，舌根塞音 k 的出現，以舌尖塞音 t 為前提。有舌根塞音 k 出現的語言，就有雙唇塞音 p。其中，有 24 種語言有 k 無 p，但這 24 種語言裡，仍有濁的唇塞音 b。

> (i) /k/ does not occur without /*t/. (One exception in UPSID, Hawaiian, 424.)
>
> (ii) /p/ does not occur without /k/. (Four exceptions in UPSID, Kirghiz, 062, with /p, "t", q), Beembe, 123, Tzeltal, 712, and Zuni, 748. These last two languages have an aspirated velar plosive /kʰ/ beside unaspirated /p/ and /t/. There are 24

---

[2]　Ian Maddieson. 1984. "Patterns of sounds.", Cambridge University Press, p.370, 412.

[3]　阿留申語屬愛斯基摩－阿留申語系，分佈在阿拉斯加的阿留申群島上。

[4]　胡帕語屬於阿撒巴斯卡（Athabaskan）語系，分佈在北美加州催尼特山谷（trinity valley），是一種近瀕死的語言，在 2000 年的調查中，只有 64 人還會說這種語言。

languages with /k/ but no /p/ ; 18 of these have /b, d, g/. [5]

　　由上面的描述，我們可以得知，世界上的語言大多有唇塞音，或以清唇音；或以濁唇音形式存在。舌根塞音 k 的存在，則蘊含著雙唇塞音 p 的出現。反過來思考，當我們看到雙唇塞音 p 消失時，也該回頭檢視同一個語言裡，是否還存在著相對的舌根塞音 k。在雅瑤粵語裡，雖然雙唇塞音 p 聲母已經消失殆盡，但舌根塞音 k 依然存在。雅瑤粵語倒是在送氣塞音類上，可以同時見到舌根、舌尖、雙唇部位的送氣塞音都有擦化的音變。雅瑤粵語的送氣 pʰ 聲母，因擦化而不再存在，但舌根與舌尖的送氣塞音 kʰ、tʰ 聲母都還存在著。前者擦化的音變發生最早，在中古全濁聲母清化前就發生；後者雖擦化，卻因為相關的拉鏈式音變，由 *tsʰ 聲母遞補原來的聲母位置，已經與中古的 *tʰ 聲母內涵大相逕庭。

　　雅瑤粵語裡，雖不存在著任何唇塞音形式的聲母，但在韻尾的部分，仍存留著雙唇塞音的 p 韻尾，在 Ian Maddieson 的分類裡，仍屬存有雙唇塞音的語言類型，儘管如此，雅瑤粵語在漢語方言的聲母類型上，依然有其獨特之處。

## 參、三套送氣與不送氣塞音的語音性質

### （一）p、t、k 出現的效力

　　漢語裡的舌尖塞音，也可以歸為舌冠音（coronal）。「有不

---

5　Ian Maddieson, "Patterns of sounds.", p.13.

少音系學家通過各方面的研究指出舌冠音是世界語言中最常見的音類，並且認為舌冠的發音部位是無標記的……由此看來，在爆發音中最常使用的部位可以說是舌頭的前部，這應該與舌頭前部在發音器官中最為靈活這一特點有關」[6]。

綜合冉啟斌與 Ian Maddieson 所歸納的 317 種語言後，我們可以知道在清塞音中，舌尖部位是最常見的，而舌根塞音 k 的出現，則蘊含著雙唇塞音 p。不過這三個部位的塞音，是各語言幾乎都具備的塞音部位，即使這語言裡沒有清雙唇塞音 p，也會有濁或送氣的雙唇部位塞音，真正完全沒有任何形式雙唇部位塞音的語言，記錄在 Ian Maddieson 書裡的，就只有阿留申語與胡帕語。

## （二）$p^h$、$t^h$、$k^h$ 的 VOT 長度與送氣程度的差異

「不送氣清塞音的 VOT 值為零（或略大於零）」[7]，也就是說幾乎在阻礙消除（除阻）的同時，後接的響音（比如母音）即開始發音。但送氣的清塞音，其 VOT 的長度則有差異性。西方 Klatt、Lisker and Abramson、Zlatin……等人的語音理論裡，早已主張應該為英文的送氣清塞音，做送氣程度的分類。依照 John Laver 的描述，唇塞音的嗓音起始阻塞時間 VOT（voice onset time）最短，舌尖音次之，舌根部位最久。這項語音描述與舌體位置的高低有關係，如果舌體接觸位置愈高，則嗓音阻塞

---

[6]　冉啟斌：《輔音現象與輔音特性——基於普通話的漢語阻塞輔音實驗研究》（天津：南開大學出版社，2008 年），頁 71-72。

[7]　劉江濤：〈濁音起始時間研究述評〉，《海外英語》第 10 期（2011年），頁 335。

時間最長。

It is evident that aspiration is sometimes part of a yet more widely relevant language-characterizing process. For instance, Klatt (1975), Lisker and Abramson (1964) and Zlatin (1974) all show that the aspirated voiceless stops of English are organized in a hierarchy of voice-onset delay not only between themselves on the basis of place of articulation (which had been shown by Peterson and Lehiste (1960) and by Fischer-Jørgensen (1964)), but also relative to the fully or partially devoiced utterance-initial voiced stops that are characteristic of many accents of English in corresponding context. Within the 'voiced' and 'voiceless' sub-series, labials show the shortest voice-onset delays, than alveolars, with velars showing the longest....... The explanation offered for this is that the high tongue-body position for close vocoids offers greater resistance to the outflow of air from the vocal tract, thus delaying to a greater extent the onset of a transglottal airflow of sufficient volume for voiced vibration of the vocal folds.[8]

在 Klatt (1975) Lisker、Abramson (1964) 與 Zlatin (1974) 的

---

[8] John, Laver. 1994. "Principles of phonetics." Cambridge University Press. pp.352-353.

實驗中，舌根音的嗓音起始時間都是最長的。VOT 時間最長的舌根送氣塞音 $k^h$，舌體接觸的位置近於軟顎，相對於雙唇、舌尖的送氣清塞音 $p^h$、$t^h$ 來說，非常地高，也使得我們在發 $k^h$ 時，口腔內有更大的空間，其 VOT 的數值[9]（kh：117，單位：毫秒）都高於相對的送氣塞音 $p^h$（105，單位：毫秒）、$t^h$（82.5，單位：毫秒）[10]，也就是說，$k^h$ 的送氣程度是明顯高過同為送氣塞音 $p^h$ 與 $t^h$ 的。

## （三）方言的啟示

### 1.廣東粵語舌根送氣塞音 $k^h$ 聲母弱化為擦音

#### (1)廣見於廣東且時代較早的送氣塞音擦化

廣東粵語的古溪母字讀為擦音的 h-、f- 聲母，是一種為人熟知的廣東粵語現象。伍巍[11]認為廣東粵語的溪母會產生擦化音變，導因於其「送氣」成分。

伍巍認為廣東粵語的古溪母 $k^h$，因為送氣效果的加強，而著重其摩擦效力，進而弱化為擦音 h（其中 h 又會進一步變為 f），甚至還會進一步弱化為只有些微摩擦效果的 j 韻頭，亦即零聲母 ø- 的形式。其音變過程可表示為：$k^h \rightarrow h \rightarrow ø$（j）。

溪母由 $k^h$ 送氣化變為 h，且在開口韻前念為 h，合口韻前為

---

[9]　鄭鮮日與李英浩的 VOT 值取自 Nathan1987 年的測量數據。

[10]　鄭鮮日、李英浩：〈英語、漢語塞音濁音起始時間（VOT）對比以及漢族學生習得英語塞音研究〉，《長春師範學院學報》（人文社會科學版）第 1 期（2007 年），頁 93。

[11]　伍巍：〈廣州話溪母字讀音研究〉，《語文研究》第 4 期（1999年），頁 45-53。

f。h 變 f 主要是因為後接了具圓唇效果的 u 母音，使得唇部的摩擦力加強，由喉部的 h 變為唇部 f 的強化結果，如表三所列。

### 表三 廣東粵語溪母字讀為 h、f 聲母的字例[12]

|   | 廣州 | 中山 | 臺山 | 開平 | 鶴山 | 陽山 | 連縣 |
|---|---|---|---|---|---|---|---|
| 苦 | $fu^{35}$ | $hu^{213}$ | $fø^{55}$ | $fu^{55}$ | $fu^{55}$ | $fu^{55}$ | $k^hu^{55}$ |
| 孔 | $hoŋ^{35}$ | $k^hoŋ^{213}$ | $k^høŋ^{55}$ | $k^hoŋ^{55}$ | $hoŋ\sim k^hoŋ^{55}$ | $k^hoŋ^{55}$ | $k^hɔŋ^{55}$ |
| 丘 | $jiɐu^{55}$ | $jiɐu^{55}$ | $hiu^{33}$ | $hɐu^{33}$ | $jiɔu^{33}$ | $jiɐu\sim hɐu^{52}$ | $k^hɐu^{53}$ |
| 欽 | $jiɐm^{55}$ | $k^hɐm^{55}$ | $him^{33}$ | $hɐm^{33}$ | $jim^{33}$ | $k^hɐm^{52}$ | $k^hɐn^{53}$ |

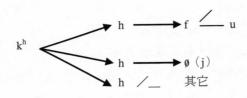

廣東溪母字的送氣擦化現象，還有個特點，就是 $k^h > h / f$ 只在溪母，而不包括群母，這顯然是濁音清化前的演變[13]。我們複查《廣東粵方言概要》[14]的十一個粵方言點（廣州、順德、中山、東莞、斗門、臺山、開平、韶關、信宜、雲浮、廉江），再加上筆者這次調查的四邑片雅瑤粵語。這些溪母字，仍保持舌根送氣塞音 $k^h$ 音讀的字，都有其字詞的固定性，如表四所列，更

---

[12] 伍巍：〈廣州話溪母字讀音研究〉，《語文研究》第 4 期（1999年），頁 47。

[13] 萬波：〈粵方言聲母系統中送氣清塞音的 [h] 化現象〉，《第十屆國際粵方言研討會論文集》（2007 年），頁 23。

[14] 詹伯慧主編：《廣東粵方言概要》（廣州：暨南大學出版社，2002年），頁 304-388。

顯示其溪母字的送氣擦化音變發生的時間，早於中古全濁聲母清化之前。這項溪母字的送氣擦化音變，也遍及廣東各地，且此項音變停止後，沒有再繼續擴大的趨勢。

表四　廣東粵語古溪母字讀為 $k^h$ 的例字

| 古溪母今讀為 $k^h$ | |
|---|---|
| 平 | 誇、區、溪、窺、羌、傾 |
| 上 | 叩、企 |
| 去 | 慨、靠、困、抗、曠、擴 |
| 入 | 卻、確、曲 |

**(2)廣東粵語的溪母送氣成分為「強烈送氣成分」**

　　廣東粵語中，可以廣見這個溪母擦化的語音現象，其理由是基於舌根送氣塞音的氣流強度較大，所以有較容易擦化的語音性質。前文提及，舌根清塞音 $k^h$，相對於雙唇與舌尖的 $p^h$、$t^h$ 來說，有較長的 VOT 值，舌體接觸點近於軟顎，位置較高，使得口腔有較大的空間，可蓄積較多的氣流，因此較容易走上擦化的道路。

　　我們也可以從方言比較中看到，廣東粵語普遍存在溪母擦化的表現，而其他方言卻沒有這麼大規模的溪母擦化現象，也表示著廣東粵語的送氣舌根塞音的送氣程度，比起其他漢語方言來是較為強烈的，所以站在方言溪母字擦化的領先行列上。不過廣東粵語，進行的這個舌根送氣塞音擦化的音變，只在中古全濁聲母清化前是音變的領頭羊。中古之前，此項音變在廣東粵語中，大規模、普遍且有一致性；中古之後，就停滯了。要不然我們應該

可以在現代不同的廣東粵語方言點裡，看到溪母字群還有參差不齊地讀為送氣舌根塞音 $k^h$ 聲母的現象。

據報導，韓語裡有分兩級的送氣音，一級為適中的送氣音；一級為強烈的送氣音，彼此有音位上的分別意義。若以韓語的標準來看，或許我們可以姑且稱廣東粵語，古溪母送氣舌根塞音的送氣成分，就是所謂的「強烈送氣成分」。

Unaspirated versus moderately and strongly aspirated stops in Korean.

[pul] 'horn'        [$p^h$ul] 'fire'        [phul] 'grass'[15]

# 肆、雅謠粵語唇塞音之外的其他聲母

## （一）雅瑤的端、精系聲母

廣東四邑片的粵語普遍發生了端系聲母擦化、零聲母化的音變（A、A1），和精組聲母接著遞補的音變現象（B、B1）；A早於 B，A1 早於 B1。需要補充的是，送氣類的 A 音變發生，會促發同為送氣類的 B 音變；同樣的，A 音變也會促發音類遞補的 A1 音變，但並不意味著 A1 音變早於 B 音變，A1 與 B 兩項音變可在同時發生。

A：    $t^h$ > h        A1：    t > ʔ > ø

B：    ts$^h$ > $t^h$        B1：    ts > t

---

[15] John, Laver. "Principles of phonetics.", p.353.

　　雅瑤粵語屬四邑片，也發生了以上的音變，但稍有不同的是，雅瑤粵語變為零聲母 ∅- 的古定母，都是古上去入聲，變為擦音 h 的，都是古定母平聲字。而遞補變為舌尖塞音 t 的古從母字，都是古上去入聲，變為送氣舌尖塞音 tʰ 的古從母字都是平聲字。也就是說，這兩項在雅瑤粵語發生的兩套平行式拉鏈音變，都是發生在「中古全濁上聲歸去聲」，與「中古全濁聲母清化後，平聲送氣、仄聲不送氣」音變之後。至於後兩項中古的音變，前者發生較早，後者則較晚。

　　雅瑤粵語定、從等全濁聲母的清化規律走了與粵語文讀層相同的演變。楊秀芳曾提到廣東粵語上聲讀送氣音的，幾乎都是白話音，聲調表現為陽上調；讀不送氣音的都是陽去調，屬文讀層[16]。粵語全濁聲母清化的規律本是平上送氣、去入不送氣，晚近受文讀音影響，漸漸成為平聲送氣、仄聲不送氣的官話類型。

## 1.一套拉鏈式音變與兩套平行式拉鏈音變

　　閩語的建陽、邵武也有類似的拉鏈式音變，但只發生在送氣音類上。建陽、邵武的精、清、從、崇、邪字有讀為 tʰ 的情形。這是因為他們受鄰近贛語 tʰ → h 音變的感染，使得精、莊組字由 tsʰ → tʰ，來彌補透、定、徹、澄母變為 h 所留下來的空缺。以建陽話為例，h 聲母大致出於透定徹澄母，如：「他 ₌ha、替 haiˀ、桃 ₌hau、頭 ₌həu、撐 haŋˀ、趁 hɔiŋˀ、澄 ₌haiŋ、蟲 ₌hoŋ」[17]。其音變過程可以表示為：A：tʰ ＞ h 與 B：tsʰ ＞

---

[16] 楊秀芳：〈論漢語方言中全濁聲母的清化〉，《漢學研究》第 7 卷第 2 期（1989 年），頁 59-61。

[17] 王福堂：《漢語方言語音的演變和層次》（北京：語文出版社，1999 年），頁 95。

$t^h$，A 早於 B。

建陽、邵武閩語，發生此項拉鏈音變的主因，在於送氣音感的加強，因為 $t^h$ 送氣感加強，擦化為 h，舌尖前的 $ts^h$ 進一步塞化，遞補變走的 $t^h$ 聲母。

在南方漢語方言裡，可以見到只有送氣一類的拉鏈音變，也可以見到兩套相平行的拉鏈式音變。可以這樣說，只有送氣一類的拉鏈音變的變化，起因於送氣擦化的加強。至於有兩套平行式拉鏈音變的方言，有可能導因於送氣擦化的加強與阻塞音（包含塞音、塞擦音）的對稱格局系統；也或者導因於塞音類的 t 弱化，帶動送氣類塞音聲母跟著擦化，兩項音變相輔相成，難以遽論先後。

## 伍、雅謠粵語送氣與不送氣唇塞音聲母的音變現象

### （一）雅瑤「送氣唇塞音」的擦化音變

雅瑤粵語的送氣擦化現象，不只發生在舌根、舌尖前、舌尖部位，在唇音部位也有相同的表現。古滂母與並母平、上聲字，因送氣感加強，而阻塞效用減弱，變為送氣擦音 h，如表五的例字。

$$p^h \text{（滂、並平、上聲）} > h$$

### 表五　古滂母與並母平、上聲在雅瑤粵語讀為 h 聲母的例字

| 滂母 | 拋 | 批 | 飄 | 被~子 | 普 | 騙 | 判 | 怕 | 潑 | 拍 | 劈 |
|---|---|---|---|---|---|---|---|---|---|---|---|
| h- | hɛ21 | hɔ33 | hie33 | hai21 | hau55 | hin33 | hɔn33 | ha33 | hɔt55 | hiak33 | hik55 |
| 並母 | 爬 | 牌 | 盤 | 盆 | 萍 | 抱 | 蚌 | 倍 | 叛 | 刨 | |
| h- | ha12 | hɔ12 | hɔn12 | hun12 | hiŋ12 | hɛ21 | hiŋ21 | hə21 | hɔn32 | hia33 | |

　　雅瑤粵語大部分的古滂母與並母平、上聲字，都讀為送氣擦音 h- 聲母，以下表六列出少數例外讀為唇齒擦音 v- 聲母的字。因為並母也加入滂母送氣擦化的演變，而且並母發生送氣擦化的聲調，集中在古平、上聲字。我們可以確定，並母發生送氣擦化的起始點，也與滂母一樣，都是送氣清唇塞音 *pʰ。我們在這些外表看似例外字的表格下，列出詹伯慧[18]十一個粵語方言點中，該字讀為送氣或不送氣的方言點字數，以供參考。這項唇塞音變為擦音的演變，發生在中古全濁聲母清化之後。中古全濁聲母清化，平、上聲變為相對送氣清音；去、入聲變為相對不送氣清音，則是粵語全濁聲母清化的自身規則。

　　也就是說，照中古音類與粵語本身的演變規律而言，這些字原該屬送氣一類的聲母，可大部分的粵語中，這些例字都有不送氣的表現，且不送氣的例子多於送氣的表現。以「怖」字為例，在詹伯慧的十一個粵語方言紀錄裡，還找不到任一讀為送氣音的方言點。也就是說，這些字在粵語裡原讀不送氣的 p，雅瑤粵語今讀為 v 聲母的音讀，其演變前身為不送氣的 p 聲母；而非送氣 pʰ 聲母。

---

[18]　詹伯慧主編：《廣東粵方言概要》（廣州：暨南大學出版社，2002年），頁 304-388。

表六　少數古滂母與並母平、上聲在雅瑤粵語不讀為 h 聲母的例字

| 滂、並母 | 坡 | 怖恐~ | 品 | 拌 | 伴 |
|---|---|---|---|---|---|
| v- | vu33 | vau32 | van55 | van21 | vɔn32 |
| 送氣／不送氣方言點的字數比 | 4／6 | 0／10 | 2／8 | 1／9 | 6／9 |

　　唇部送氣塞音，送氣擦化為擦音的音變現象，在開平粵語也可以見到，但開平粵語裡，還有為數不少的例字讀為 $p^h$- 聲母，表示送氣擦化的音變，在開平還是現在進行式。而雅瑤粵語的 $p^h$- 聲母，則是徹底地發生了送氣擦化音變，已經完全不存在 $p^h$- 聲母了。

## 1.唇塞音的閉塞段最長，所以最不容易擦化

　　根據以下表七所顯示的普通話、蘇州話與太原話，爆發音閉塞段的時長結果統計，我們可以得到，唇塞音的閉塞段在這三個方言中，雖不是絕對地閉塞段最長，比如普通話的二字組 p，與太原話的 $p^h$ 都是少數的例外，但整體而言，比較起舌尖、舌根的塞音來說，唇部的塞音 p、$p^h$ 的爆發音閉塞段的時長都是較長的。正因如此，送氣塞音發生送氣擦化為擦音的音變現象，在雙唇這個部位最為罕見，是普遍可以預期的。因為送氣擦化音變，不但需要送氣感加強，還要阻塞程度減弱。

　　前文已有提及，舌尖與唇部送氣清塞音 $t^h$、$p^h$ 的 VOT 長度，相較於舌根送氣清塞音 $k^h$ 來得短。也就是說，$p^h$ 送氣的氣流較小，又唇部塞音 p、$p^h$ 的阻塞時長，相對於舌尖、舌根部位的塞音來說較長，因此唇部塞音，就氣流量與阻塞程度來論，都是較難走上送氣擦化音變道路的聲類。

## 表七　漢語爆發音閉塞段時長按部位統計結果[19]

| 資料來源 | | 閉塞段時長（單位：毫秒） | | | 說明 |
|---|---|---|---|---|---|
| 任宏謨 1981 | 不送氣 | p | t | k | 普通話二字組 |
| | | 84.41 | 82.71 | 87.22 | |
| | 送氣 | pʰ | tʰ | kʰ | |
| | | 76.92 | 56.45 | 65.56 | |
| | 合計 | 161.33 | 139.16 | 152.78 | |
| 任宏謨 1981 | 不送氣 | p | t | k | 普通話語流中 |
| | | 52.98 | 48.10 | 47.71 | |
| | 送氣 | pʰ | tʰ | kʰ | |
| | | 53.75 | 27.88 | 37.71 | |
| | 合計 | 106.73 | 75.98 | 85.42 | |
| 石鋒 1983 | 不送氣 | p | t | k | 語料為蘇州話 |
| | | 109 | 105 | 89 | |
| | 送氣 | pʰ | tʰ | kʰ | |
| | | 87 | 85 | 69 | |
| | 合計 | 196 | 190 | 158 | |
| 梁磊 1999 | 不送氣 | p | t | k | 語料為太原話 |
| | | 69.4 | 66.3 | 57.2 | |
| | 送氣 | pʰ | tʰ | kʰ | |
| | | 42.4 | 49.3 | 46 | |
| | 合計 | 111.8 | 115.6 | 103.2 | |

## 2.「舌根送氣音擦化」、「舌尖送氣音擦化」與「唇部送氣音擦化」並見於廣東粵語中，但分佈廣狹有所差異

伍巍在解釋廣東粵語，溪母發生擦化音變時，歸因於其「送

---

[19]　冉啟斌：《輔音現象與輔音特性——基於普通話的漢語阻塞輔音實驗研究》（天津：南開大學出版社，2008年），頁124。

氣」成分的作用。伍巍認為這項擦化的音變，照理也可見於舌尖
送氣塞音與唇部送氣塞音上。

　　我們有理由懷疑廣州「溪」母字的音變是因為清塞音送氣
成分作用的結果。如果這一推論是事實，那麼根據這一推
論，同樣的音變也應當在屬於清送氣塞音的「透」母中發
生。可惜這一推論在廣州話範圍內得不到印證，我們不得
不借用與廣州話較近的「四邑」粵語材料為論證的根據。
粵語「四邑」方言「溪」母字的音變與廣州話相同：

| | 斗門 | 江門 | 新會 | 臺山 | 開平 | 恩平 | 鶴山 |
|---|---|---|---|---|---|---|---|
| 開 | hui³³ | hɔi²³ | hui³³ | huɔi³³ | huɔi³³ | huai³³ | hyɵ³³ |
| 糠 | hɔŋ³³ | hoŋ²³ | hɔŋ²³ | hɔŋ³³ | hɔŋ³³ | hɔŋ³³ | hœŋ³³ |
| 苦 | fu⁵⁵ | fu⁴⁵ | fu⁴⁵ | fu⁵⁵ | fu⁵⁵ | fu⁵⁵ | fu⁵⁵ |
| 邱 | hɐu³³ | jiou²³ | hæu²³ | hiu³³ | hɛu³³ | hei³³ | jiɔu³³ |

　　與此同時，四邑」方言的「透」母字因為送氣的作用，讀
音亦發生同樣的變化，且規律十分整齊：

| | 斗門 | 江門 | 新會 | 臺山 | 開平 | 恩平 | 鶴山 |
|---|---|---|---|---|---|---|---|
| 泰 | hai³³ | hai²³ | hai²³ | hai³³ | hai³³ | hai³³ | tʼɔ³³ |
| 土 | hou⁵⁵ | hou⁴⁵ | hæu⁴⁵ | hu²² | hu⁵⁵ | hu⁵⁵ | hau⁵⁵ |
| 梯 | hɐi³³ | hei²³ | hæi²³ | hai³³ | hai³³ | hai³³ | hei³³ |
| 貪 | ham³³ | ham²³ | ham²³ | ham³³ | ham³³ | ham³³ | hem³³ |
| 聽 | heŋ³³ | heŋ²³ | heŋ²³ | hiaŋ³³ | heŋ³³ | heŋ³³ | heŋ³³ |
| 脫 | hut³³ | hot³³ | hut³³ | huɔt³³ | huat³³ | huat³³ | hɔt³ |

不但「透」母字如此，雙唇清塞音送氣的「滂」母字在這一方言亦有同樣音變的例證：

|  | 鋪 | 屁 | 泡 | 拍 |
|---|---|---|---|---|
| （廣州） | p'ou$^{55}$ | p'i$^{33}$ | p'au$^{33}$ | p'ak$^3$ |
| 開平 | hu$^{33}$ | hei$^{33}$ | hau$^{33}$ | hak$^3$ |
| 鶴山 | hau$^{33}$ | hai$^{33}$ | hɛ$^{33}$ | hiak$^3$ |

至此，「廣州話（乃至粵語）『溪』母字的音變是因為塞音送氣成分的作用」這一推論得到了完全的證實[20]。

　　伍巍認為廣東粵語溪母擦化的主要原因，在於其送氣成分。既然是送氣成分在起作用，那麼我們照理也可以在廣東粵語裡，看到「舌尖送氣音擦化」與「唇部送氣音擦化」。且伍巍舉的「舌尖送氣音擦化」與「唇部送氣音擦化」例子，皆是廣東粵語的方言點，讓我們有了一個好的比較基礎。我們可以發現，當伍巍舉到「唇部送氣音擦化」例子時，只舉了開平、鶴山，因為雙唇部位的送氣音擦化，本來就是比較困難的，所以分佈的方言點較少，在廣東粵語裡也不普遍。

## （二）雅瑤不送氣唇塞音聲母丟失的過程

### 1.雙唇塞音 p 的去塞化

　　雅瑤粵語的古幫母字與並母上、去、入聲字，今讀為唇齒濁

---

[20]　伍巍：〈廣州話溪母字讀音研究〉，《語文研究》第 4 期（1999年），頁 47。

擦音的 v 聲母，例字見於表八，表示雅瑤粵語雙唇塞音 p 的成阻
成分減弱，轉為同為唇部的唇齒 [v]，而變為唇齒濁擦音的 v 聲
母。這些變為 v 聲母的聲母來源，也包含並母字，可見得這項去
塞化的音變，發生在中古全濁上聲歸去聲，與全濁聲母清化之
後。其音變過程如下：

p（幫並上、去、入聲）＞ v-

表八　雅瑤粵語古幫、並母上、去、入聲字，<br>今讀為唇齒濁擦音 v 聲母的例字

| 幫母 | 巴 | 杯 | 補 | 比 | 保 | 扮 | 變 | 鬢 | 柄 | 筆 | 碧 |
|---|---|---|---|---|---|---|---|---|---|---|---|
| 音讀 | va33 | və33 | vɔ55 | vai55 | vɛ55 | van32 | vin33 | vin32 | viŋ33 | vat55 | vit55 |
| 並母 | 部 | 鮑姓 | 步 | 敗 | 暴 | 辨 | 病 | 拔 | 薄 | 別離~ | 白 |
| 音讀 | vau21 | vɛ21 | vau32 | vɔ33 | vau32 | vin21 | viŋ32 | vət22 | vɔk22 | vit22 | viak22 |

　　大部分的古幫母與並母上、去、入聲字，都讀為 v- 聲母，
以下表九為幫、並母少數字讀清擦音 h- 的例字。以廣東十一個
粵語方言點[21]來看，這幾個字多有讀為 pʰ 聲母的例子，以下列出
這幾個例外字在其他廣東粵語讀為送氣與不送氣的字數比。我們
可合理推論，雅瑤粵語這幾個字讀為擦音 h 聲母，其音變前身也
是送氣的 pʰ 聲母，比較特別的是「霉」字，目前找不到其他廣
東粵語讀為 pʰ 聲母的例子。

---

[21]　詹伯慧主編：《廣東粵方言概要》（廣州：暨南大學出版社，2002
年），頁 304-388。

## 表九　雅瑤粵語古幫、並母上、去、入聲字，
## 少數讀為 h 聲母的例字

| 幫、並母 | 豹 | 蝙 | 棚 | 片 | 叛 | 辟 | 雹 |
|---|---|---|---|---|---|---|---|
| 聲母為 h- | hɛ32 | hin55 | hiaŋ33 | hin33 | hɔn32 | hek55 | hau33 |
| 送氣／不送氣方言點的字數比 | 5／5 | 6／4 | 10／0 | 13／0 | 2／8 | 11／0 | 0／11 |

### 2.詔安客語唇擦音的塞化與雅瑤粵語的幫母唇齒化，為對反的音變現象

　　詔安客語的 v 聲母，有著與雅瑤粵語截然迥異的發展過程，詔安客語的擦音 v- 聲母，發生強化作用，反而塞化為雙唇濁塞音 b- 聲母。

　　以下是詔安客語把 v- 聲母加強阻塞作用後，轉化為塞音 b- 聲母的例子。

　　　　四縣話的 v- 聲母，詔安話多變成 b- 聲母，例如：

　　　　一國語「陰天」、「蒼蠅」、「紅糖」，客話說「烏陰天」、「烏蠅」、「烏糖」，「烏」字四縣話說《vu$^{24}$》、詔安話說《bu$^{11}$》。

　　　　水果「蓮霧」，「霧」字四縣話說《vu$^{55}$》、詔安話說《bu$^{11}$》。

　　　　一國語「鍋巴」，詔安話說「鑊皮」，「鑊皮」的「鑊」，四縣話說《vok$^5$》、詔安話說《bo$^{11}$》。

　　　　一國語「房子」，詔安話說「屋下」，「屋下」的「屋」，四縣話說《vuk$^2$》、詔安話說《bu$^{55}$》。

一國語「鋼筆」，詔安話說「萬年筆」，「萬年筆」的
「萬」，四縣話說《van$^{55}$》、詔安話說《ban$^{11}$》。

一國語「哭」，詔安話說「喔」，「喔」字，四縣話說
《vo$^{24}$》、詔安話說《bo$^{53}$》。

一國語「跳舞」一詞的「舞」字，四縣話說《vu$^{31}$》、詔
安話說《bu$^{31}$》。

一國語「醜」，詔安話說「歪」，「歪」字，四縣話說
《vai$^{24}$》、詔安話說《bai$^{11}$》。[22]

## 3.四邑片粵語易發生兩套平行式的聲母音變

　　雅瑤粵語兩套相對唇塞音的音變，可能導因於雙唇送氣塞音
p$^h$聲母，因送氣因素啟動送氣擦化的音變；抑或導因於雙唇塞音
p 聲母的成阻成分先減弱，發生去塞化音變，轉為唇齒的 v 聲
母。無論成因為前項或後項，在漢語的聲母系統中，「送氣－不
送氣」是塞音下的二級配列，當某一方啟動變化時，另一方也常
會發生相應的平行演變。

　　前文我們曾提及，端、精系聲母的拉鏈式音變，有些方言，
如四邑粵語就發生了兩套的平行式拉鏈音變（A、A1 與 B、
B1），其音變過程如下（A 早於 B；A1 早於 B1）。至於別的方
言，有的只在送氣類的聲母上發生拉鏈式音變（A、B，且 A 早
於 B，A 可促發 A1 與 B 兩項音變，但 A1 不一定早於 B，A1、
B 兩項音變可同時發生），如閩語的建陽、邵武，各方言的情況

---

[22]　羅肇錦：《臺灣客家族群史　語言篇》（臺北：臺灣省文獻委員會，
　　2000 年），頁 60-61。

有所不一。

| | | | | | | | |
|---|---|---|---|---|---|---|---|
| A： | $t^h$ | ＞ | h | A1： | t ＞ ？ ＞ ø | | |
| B： | $ts^h$ | ＞ | $t^h$ | B1： | ts ＞ t | | |

　　雅瑤粵語在分片上，屬四邑粵語，本就容易發生兩套平行式的音變。因此，我們在雅瑤粵語裡，可以看到雙唇的塞音 p、$p^h$ 都啟動了相應的音變。

## 4.開平粵語送氣唇塞音 $p^h$ 聲母的字彙數量，多於不送氣唇塞音 p 聲母

　　在開平粵語裡，保持念送氣唇塞音 $p^h$ 聲母（滂、並母）的字數較多，例字見於表十，而仍保持念不送氣唇塞音 p 聲母（幫、並母）的，卻僅剩三個字（貝 $pɔi^{33}$、笨 $pun^{21}$、葡 $pok^{55}$）。

　　前文提及，雅瑤粵語不存有任何唇塞音聲母的結果，是因為雙唇送氣塞音 $p^h$ 聲母發生送氣擦化；以及雙唇塞音 p 聲母發生去塞化音變，兩者是平行的聲母配列，一方啟動，另一方則有相應的語音變化。雅瑤粵語兩項音變都已完成，看不出這兩項音變的先後順序。開平粵語丟失唇塞音聲母的情形，則是雅瑤粵語前一階段的演變。就字數存留的多寡而言，開平粵語不送氣唇塞音 p 聲母去塞化的速度，快於送氣唇塞音 $p^h$ 聲母的擦化音變。不過這是就音變速度而言，並不表示開平、雅瑤粵語，這一連串唇塞音消失的音變，是由不送氣唇塞音 p 聲母先啟動的。

表十　開平粵語－聲母讀為送氣唇塞音 pʰ 的字例[23]

| 例字 | 婆 | 怕 | 普 | 菩~薩 | 排 | 派 | 稗 | 批 | 配 |
|---|---|---|---|---|---|---|---|---|---|
| 音讀 | $p^hu^{22}$ | $p^ha^{33}$ | $p^hu^{55}$ | $p^hu^{22}$ | $p^hai^{22}$ | $p^hai^{33}$ | $p^hai^{21}$ | $p^hai^{33}$ | $p^hɔi^{33}$ |
| 例字 | 被~子 | 鄙 | 枇~杷 | 袍 | 跑 | 刨 | 飄 | 嫖~賭 | 鰾 |
| 音讀 | $p^hei^{21}$ | $p^hei^{55}$ | $p^hei^{22}$ | $p^hɔ^{22}$ | $p^hau^{55}$ | $p^hau^{21}$ | $p^hiu^{33}$ | $p^hiu^{22}$ | $p^hiu^{33}$ |
| 例字 | 騙欺~ | 便~宜 | 判 | 匹一~布 | 樸 | 棒 | 蚌 | 瀑~布 | 僻 |
| 音讀 | $p^hin^{33}$ | $p^hin^{22}$ | $p^huan^{33}$ | $p^het^{55}$ | $p^hɔk^{55}$ | $p^han^{21}$ | $p^hɔŋ^{21}$ | $p^hok^{22}$ | $p^het^{55}$ |
| 例字 | 萍 | 倍 | 披 | 攀 | 皮 | 篇 | 劈 | 陪 | 盼 |
| 音讀 | $p^hen^{22}$ | $p^hɔi^{21}$ | $p^hei^{33}$ | $p^han^{33}$ | $p^hei^{33}$ | $p^hin^{33}$ | $p^het^{55}$ | $p^hɔi^{22}$ | $p^han^{33}$ |

# 陸、結語

　　綜上所述，雅瑤粵語送氣類塞音、塞擦音聲母，發生了一連串的擦化、弱化的音變，致使相對部位的塞音、塞擦音，因為阻塞音的對稱配列格局，也跟著發生了平行式音變。其音變過程可表示如下：

Ⓐ溪母字的送氣擦化音變

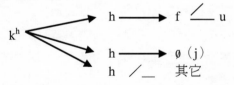

Ⓑ端、精系聲母的平行式拉鏈音變

　　A 早於 B；A1 早於 B1，A 可促發 A1 與 B 兩項音變。

　　　A：　tʰ　>　h　　A1：　t　>　ʔ　>　ø
　　　　（透、定平）　　　　　（端、定上去入）

---

[23] 詹伯慧主編：《廣東粵方言概要》（廣州：暨南大學出版社，2002年），頁 304-388。

$$B： \quad ts^h \quad > \quad t^h \qquad B1： \quad ts \quad > \quad t$$

（清、從平）　　　　　　（精、從上去入）

## ⓒ幫系聲母的平行式音變

$p^h$ （滂、並平、上聲）　　　> h

$p$ 　（幫、並上、去、入聲）　> v

雅瑤粵語舌根送氣塞音 $k^h$ 聲母，發生了送氣擦化的現象，其所屬的古聲母與其他廣東粵語一樣，只包括溪母，表示Ⓐ舌根送氣塞音 $k^h$ 聲母送氣擦化的音變，發生在中古全濁聲母清化之前。至於Ⓑ端、精組聲母的平行拉鏈式音變，由古從、定母的聲調分配，我們可以推知Ⓑ的音變現象，發生在中古全濁上聲歸去聲、全濁聲母清化之後。至於ⓒ唇塞音的平行式音變，由古並母的聲調分配，我們也可以推估，此項唇塞音的平行式音變的發生時間，也在中古全濁聲母清化之後，且多遵循著粵語本身的全濁聲母清化規律，平、上聲變為相對送氣清音；去、入聲變為相對不送氣清音。那麼問題來了，究竟Ⓑ、ⓒ兩項的音變，何者為先、為後？

由這兩項音變的地理分佈看來，ⓒ唇塞音這套的平行式音變，分佈的方言點在廣東粵語裡屬少數，且局限於四邑片粵語，除了本文主要討論的四邑片雅瑤粵語外，在開平、江門荷塘（表 vieu⁵⁵、八 vɐt³、兵 vɐŋ²⁴）[24]的四邑粵語裡，也可見到相類似的唇塞音丟失情形。而Ⓑ的端、精組聲母的平行式拉鏈音變，在廣東粵語中，多分佈在四邑片粵語裡，但較ⓒ來得更常見，而且Ⓑ

---

[24] 容慧華：〈荷塘話與四邑話的比較研究〉，《語言應用研究》第 11 期（2009 年），頁 103-105。

可說是四邑片粵語的主要特點。從方言點分佈的多寡看來，唇塞音丟失的音變，因在四邑片粵語中屬少數，我們因此相信唇塞音丟失的音變，屬於較後期的新近演變。

再者，前文提及，就送氣與阻塞程度來論，唇塞音 $p^h$ 相較於舌尖與舌根的送氣塞音來說，都是較難走向擦化的送氣塞音類。也因此讓我們更相信，雅瑤粵語以及開平、江門荷塘的粵語，丟失唇塞音的音變是較晚才發生的。

至於舌根送氣塞音 $k^h$ 聲母，雖然發生了送氣擦化的音變，但沒有擴及相對的不送氣舌根塞音 k 聲母。所以我們在廣東粵語裡，雖可以普遍看到 $k^h$ 聲母送氣擦化的音變，但卻觀察不到 k 聲母相對弱化的拉鏈式音變。筆者認為主要的原因有三：1.舌根送氣塞音 $k^h$ 擦化的音變，發生在中古全濁聲母清化前，過了中古後，此項音變便已中斷，未再擴大，也未牽動相對 k 聲母進行平行式的音變。2.音系中必須存有舌根塞音的音類，而送氣的 $k^h$ 聲母已經有大量擦化現象，僅剩的 k 聲母，則須堅守「舌根」部位的最後堡壘。舌根部位的輔音，在聽音的辨異度上，有很大的辨別作用，舌根部位的輔音是世界各語言裡，非常基礎的輔音音類，也因此不容易「完全消失」。3.舌根的發音部位，因為已接近口腔後端，舌體活動的空間並不大，舌體的動作也被牽制住。一般而言，同一語言中，口腔後端出現的輔音類別並不多，若舌根的塞音 k、$k^h$，發生大量平行式的去塞化、擦化音變，將難有其他相近於口腔後部，或舌根部位的其他輔音，可以遞補舌根塞音 k、$k^h$ 的發音位置。

廣東雅瑤粵語送氣類塞音、塞擦音聲母所發生的一連串的擦化、弱化音變，以及相對的平行式音變，依照時間發生的先後順

序，排列如下：

    Ⓐ → Ⓑ → Ⓒ

首先發生的音變為Ⓐ溪母字的送氣擦化音變，且時間在中古全濁聲母清化之前。Ⓑ端、精系聲母的平行式拉鏈音變，與Ⓒ幫系聲母的平行式音變，都發生在中古全濁聲母清化之後，而Ⓑ的音變又先於Ⓒ。

# 引用文獻

## 一、專書

### （一）中文

王福堂，《漢語方言語音的演變和層次》，北京：語文出版社，1999。

冉啟斌，《輔音現象與輔音特性——基於普通話的漢語阻塞輔音實驗研究》，天津：南開大學出版社，2008。

詹伯慧主編，《漢語方言及方言調查》，武漢：湖北教育出版社，1991。

詹伯慧主編，《廣東粵方言概要》，廣州：暨南大學出版社，2002。

羅肇錦，《臺灣客家族群史　語言篇》，臺北：臺灣省文獻委員會，2000。

### （二）西文

Ian Maddieson. "Patterns of sounds." Cambridge University Press, 1984.

John, Laver. "Principles of phonetics." Cambridge University Press, 1994.

## 二、期刊

### （一）中文

伍巍，〈廣州話溪母字讀音研究〉，《語文研究》73.4：45-53，1999。

容慧華，〈荷塘話與四邑話的比較研究〉，《語言應用研究》11：103-105，2009。

楊秀芳，〈論漢語方言中全濁聲母的清化〉，《漢學研究》7.2：41-73，
　　1989。

萬波，〈粵方言聲母系統中送氣清塞音的 [h] 化現象〉，《第十屆國際粵
　　方言研討會論文集》12 月：17-25，2007。

劉江濤，〈濁音起始時間研究述評〉，《海外英語》10：335-336，2011。

鄭鮮日、李英浩，〈英語、漢語塞音濁音起始時間（VOT）對比以及漢族
　　學生習得英語塞音研究〉，《長春師範學院學報》（人文社會科學
　　版）26.1：92-95，2007。

（二）西文

Klatt, D. H. Voice onset time, frication, and aspiration in word- initial consonant
　　clusters, Speech Hear. Res. 18, 1975, 686-706.

Lisker, L. & Abramson, A. S. A cross-language study of voicing in initial stops:
　　acoustical measurements, Word (20), 1964, 384-422.

Nathan, G. S. On second-language acquisition of voiced stops, Journal of
　　Phonetics (15), 1987, 313-322.

Zlatin, M. A. Voicing contrast and voice onset time, Journal of Acoustical
　　Society of American 56(3), 1974, 981-987.

# 附表：雅瑤粵語同音字表

發音人：阿婆（化名）
教育程度：小學肄業
職業：市場菜販
年齡：60 歲
田調時間：2010 年 8 月
田調地點：廣東省江門市鶴山市雅瑤鎮黃洞村四隊。江門市位於中國大陸
　　　　　廣東省中南部，珠江三角洲西側。

　　田調地點的語言與人口狀況：雅瑤鎮屬於鶴山市所管轄，鶴山市總人口約有三十六萬，全境內通行普通話與粵語，另有使用鶴山話與客家話、四邑粵語，雅瑤被歸為四邑粵語區。

a

| ø | 打 55　阿 33 |
|---|---|
| v | 巴 33　把~守 55　華中~12　樺 32　蛙 33　畫 32　話 32 |
| h | 爬 12　怕 33　蝦 21　下底~21　夏 32 |
| f | 塊 33　花 33 |
| ts | 渣 33　滓 55 |
| tsʰ | 茶 12　叉 32　查調~12 |
| s | 沙 33　灑 55 |
| k | 加 33　假放~55 |
| m | 麻 12　媽 55　馬 ᵐb21 |
| ŋ | 牙 12　鴉 33　亞 33　瓦 55 |

ai

| ø | 地 32 |
|---|---|
| v | 碑 33　臂 32　被~打 32　悲 33　比 55　痹麻~33　鼻 32　慧 32　毀 55 |
| h | 屁 33　皮 12　被~子 21　枇~杷 12　疵 12　起 55　喜 55　希 33 |
| f | 肺 33　吠 32　靡 33　飛 33　費 33　肥 12　輝 33 |
| t | 姐 55　姊 55 |
| tʰ | 臍 12　涕 33 |

tsʰ　樓 33

ɬ　死 55　四 33

k　寄 33　技 21　幾 55　己 55　記 33　忌 32　機 33　杞 55

kʰ　企 33　奇 12　棋 12　期 12　祈 12

m　美 ᵐb21　尾 21　味 ᵐb32　埋 12

n　尼 12　你 21

ŋ　毅 32

l　籬 12　荔 32　梨 12　利 32　李 21


au

ø　杜 21　肚 21　度 32　島 55　稻 21　導 32　鬥 55　糾 21　酵 33　歐~洲 33
　紂 21　宙 32

v　部 21　步 32　暴 32　怖 32

h　霄 33　普 55　討 55

f　剖 55　否 55

t　租 33　祖 55　酒 55　就 32　袖 32　晝 33

tʰ　醋 33　湊 33　秋 33　透 33

ts　洲 33

tsʰ　囚 12　抽 33　綢 12　醜 55　酬 12

s　數動詞 55　數名詞 33　修 33　秀 33　手 55　仇 12

ɬ　削 33　須 33　叟 55

k　九 55　舊 32

kʰ　舅 21　求 12　靠 33

m　墓 32　謀 12　矛 12

n　武 21　鵐 21　霧 32　紐~約 55

l　爐 12　路 32　流 12　柳 21

j　柔 12


an

ø　單 33　誕 33　彈子~32　安 33

v　扮 32　辦 32　班 33　板 55　辮 21　檳~榔 33　奔 33　笨 21　品 55　拌 21
　頑~皮 12　幻 32　彎 33　挽 21　勻 12　運 32

| h | 盼 33　炭 33　彈~琴 12　限 21　弦 21　痕 12　恨 32 |
| f | 反 55　翻 33　煩 12　飯 32　墳 12　訓 32　凡 12　犯 32 |
| tʰ | 餐 33　親 33 |
| ts | 贊 33　綻破~33　盞 55　棧 33　鎮 33　陣 32　真 55　震 33 |
| tsʰ | 殘 12　鏟 55　趁 33　陳 33　襯 32　疹 33 |
| s | 山 33　刪 33　神 12　身 33　晨 12　腎 21 |
| ɬ | 新 33　散 55 |
| k | 根 33　巾 33　僅 33　斤 33　懇 55 |
| kʰ | 近 33　芹 12 |
| m | 慢 32　晚 21　萬 32　民 12　文 ᵐb12　蚊 ᵐb12 |
| n | 難~易 12 |
| ŋ | 雁 32　碾 21　銀 12 |
| l | 欄 12 |
| j | 人 12　忍 21　因 33　引 33　欣 33　孕 32 |

**at**

| ∅ | 達 22　突 22　壓 55 |
| v | 筆 55 |
| h | 匹一匹布 55　乞 55 |
| f | 發 55　罰 22　忽 55　佛彷~55　法方~55　乏 22 |
| tʰ | 擦 55　膝 55 |
| ts | 桫 33　侄 22　質 55 |
| tsʰ | 察 33　刷 33 |
| s | 殺 33　虱 55　失 55　室 55 |
| ɬ | 薩 33 |
| k | 吉 55 |
| m | 襪 ᵐb22　密 ᵐb22　物 22　覓 22 |
| n | 捺 22 |
| l | 辣 22 |
| j | 日 22 |

**aŋ**

| ø | 燈 33　凳 21　鄧 33　瞪 33 |
| v | 崩 33　橫 12　宏 12 |
| h | 朋 12　憑 12　膨~脹 12　藤 12　肯 55　坑 33　恒 12　杏 21　行品~32 |
| t | 贈 33 |
| tʰ | 層 12 |
| ts | 僧 33 |
| m | 盲 ᵐb12　猛 ᵐb21　萌 ᵐb12 |
| n | 囊 12　能 12 |
| j | 硬 32 |

ak

| ø | 得 55　特 22　握 55 |
| v | 北 55　或 22　劃 22　繪 22 |
| h | 刻 55　黑 55 |
| tʰ | 七 55　賊 22 |
| ts | 疾 22　責 55 |
| ɬ | 塞阻~55 |
| m | 墨 22　陌 ᵐb22　脈 ᵐb22 |
| ŋ | 扼 55 |
| l | 肋 22 |
| j | 額 22 |

am

| ø | 暗 33 |
| h | 譚 12　痰 21　含 12 |
| tʰ | 蠶~蟲 12　尋 12 |
| ts | 浸 33　站~立 32　斬 55　眨~眼 55　簪 33　針 33 |
| tsʰ | 蠶古~村（鄰村村名）12　侵 33　杉 33　沉 12 |
| s | 銜 12　岑 12　森 33　深 33　嬸 55　甚 21 |
| ɬ | 三 33　心 33 |
| k | 感 55　敢 55　橄~欖 55　鑒 33　今 33 |
| kʰ | 琴 12 |

n　　男 12

l　　藍 12　林 12

j　　任責~32　吟 12　音 33　飲 55　淫 12


ap

ts　　汁 55

tsʰ　　輯編~55

s　　十 22

k　　急 55　及 22

kʰ　　給供~55　吸 55

l　　臘 22　粒 55

j　　踏 22　揖作~55


i

v　　煨 33　衛 32　委 55　為作~12　為~什麼 32　位 33　遺 12　諱 32　威 33

　　　違 12　葦蘆~ 21　胃 33

h　　器 33　氣 33　戲 33

t　　自 33

tʰ　　賜 33

ts　　劑一~藥 55　紫 55　著 33　住 32　知 33　枝 33　紙 55　只~有 55　致 33

　　　稚 33　指 55　寺 32　置 33　痔 21　治 32　之 33　趾 55　痣 32

tsʰ　　刺 33　慈 12　池 12　侈奢~33　匙湯~12　遲 12　似 21　癡 33　恥 55　持 12

　　　廁 33　齒 55　始 55　恃 21　黏 33

s　　施 33　豉 32　屍 33　屎 55　視 32　時 12　市 21

k　　龜 33

j　　倪 12　兒 32　椅 55　易難~32　二 32　伊 33　姨 12　耳 55　疑 12　醫 33

　　　已 21　衣 33　於 12　雨 21　羽 21　愉 12　喻 32


ia

h　　袍 12　刨 33


ie

ø　　坳山~33

h　　飄 33　嫖 12　嚻 33　曉 55

t　　雕 33

ts　　罩 33　爪 55　趙 32　召 33　照 33

tsʰ　車 33　朝今~33　超 33　朝~代 12

s　　蠍 33　蛇 12　賒 33　舍 33　社 21　燒 33　韶~關 12

ɬ　　寫 55　宵 33　笑 33　少多~55　少~年 33　簫 33

m　　苗 12　廟 33　杳~無音信 33　謬 32

n　　尿 32

l　　燎 12　聊 12　了~結 21

j　　惹 21　爺 12　夜 32　擾 33　腰 33　要重~33　搖 12　耀 32


iə

h　　怠 21


ciə

h　　靴 33


iau

ø　　丘 33　憂 33　有 21　油 12　幼 33


in

ø　　定 32　涎 12　應~對 33　蠅 12　鶯 33　鸚~鵡 33

v　　眨 55　變 33　辨 21　便方~32　邊 33　贅 32　冰 33　並 21　永 21

h　　蝙 55　片 33　頻 12　平 12　篇 33　騙 33　便~宜 12　天 33　田 55　牽 33
　　謙 33　勸 33　慶 33　輕~重 33　軒 33　獻 33　顯 55　煙 33　完 12

t　　剪 55　賤 32　箋 33

tʰ　　淺 55　錢 12　千 33　前 12

ts　　展 55　氈 33

tsʰ　纏 12

s　　羨 32　扇 33　蟬 12　善 21　聲 33

ɬ　　鮮新~33　先 33　星 33

| | |
|---|---|
| k | 尖 33　件 32　建 32　鍵 32　健 32　腱 32　肩 33　見 33　驚 33　競 32 |
| | 頸 55　經 33 |
| kʰ | 乾~坤 12 |
| m | 棉 12　面 32　面 32　明 ᵐb12　名 12　銘 12 |
| n | 凝 12 |
| l | 連 12　聯 12　憐 12　練 21　戀 55　菱 12　領 21　寧 12　鈴 12 |
| j | 然 12　焉心不在~12　筵 12　言 12　撚 21　硯 12　園 12 |

| | |
|---|---|
| it | |
| ø | 跌 55 |
| v | 別區~22　別離~22　必 55　逼 55　碧 55　壁 55　滑 22　挖 33　域 22 |
| h | 鐵 55 |
| t | 截 22　絕 22　折 33 |
| ts | 捷 22　節 55　哲 55　植 22　席 22　蟄驚~22 |
| tsʰ | 切 33　徹 55　設 33 |
| s | 舌 22 |
| ɬ | 薛 33　錫 55 |
| k | 傑 22　潔 55 |
| kʰ | 揭 33 |
| m | 滅 22 |
| l | 裂 33　劣 33　力 22　曆 22 |
| j | 熱 22　孽 12　悅 22　月 22　疫 22 |

| | |
|---|---|
| iŋ | |
| ø | 釘 33　迎 12　影 55　嬰 33　贏 12　形 12　螢 12 |
| v | 柄 33　病 32　餅 55 |
| h | 萍 12　亭 12　艇 12　聽 33 |
| t | 淨 32 |
| tʰ | 清 33　青 33 |
| kʰ | 鯨 12　傾 55 |
| m | 命 32 |

ik

| | |
|---|---|
| ø | 笛 22 的目~55 溺 22 |
| h | 劈 55 踢 33 |
| t | 撮一~米 55 即 55 脊 33 |
| ts | 籍 22 績 55 寂 22 織 55 只 33 |
| tsʰ | 尺 33 |
| s | 適 55 石 22 |
| ɬ | 惜 55 |
| k | 擊 55 |
| kʰ | 劇 55 |
| n | 匿 22 |
| j | 憶 55 翼 22 逆 22 益 55 易交~22 |

im

| | |
|---|---|
| ø | 點 55 |
| h | 添 33 甜 12 欠 33 喊 33 鹹 12 險 55 |
| tʰ | 簽 33 潛 12 |
| ts | 漸 21 |
| s | 閃 55 |
| k | 減 55 檢 55 劍 33 |
| n | 念 32 |
| l | 鐮 12 |
| j | 染 21 驗 32 鹽 12 嚴 12 嫌 12 |

ip

| | |
|---|---|
| ø | 碟 22 |
| h | 貼 33 脅 33 協 22 |
| t | 接 55 |
| tʰ | 妾 55 |
| ts | 折 33 |
| s | 涉 22 |
| k | 鴿 33 夾 33 挾 33 |

l　　獵 22
j　　葉 22　業 22　醃 33　入 22

iaŋ
h　　棚 33　棒 21　行~為 12
ts　　增 33　爭 33　鄭 32
tsʰ　　橙~子 12
s　　生 33
k　　逛 33　更~換 33　梗 55　耕 33　革 55

iak
v　　百 55　白 22
h　　拍 33　嚇 33
ts　　則 55　側 55　擇 22　窄 33　摘 33
tsʰ　　測 55　拆 33　策 55
k　　格 33

ian
n　　年 22

iat
ts　　鍘 22

iɔŋ
ø　　當~時 33　擋 55　蕩 21　羊 12　養 21　樣 33
h　　蚌 21　湯 33　堂 12　糖 12　康 33　行~列 12
t　　葬 33　髒 32
tʰ　　藏隱~12
ts　　莊 33　撞 32
tsʰ　　瘡 33　窗 33
s　　霜 33　雙 33
ɬ　　桑 21

k　　缸 33　江 33　講 55
kʰ　　抗 33　曠 33
l　　狼 12　浪 32　涼 12　兩~個 21

iɔk
ø　　踱 22　惡善~55　虐 22
v　　蔔 55
h　　樸 55　托 55　殼 33　鶴 22　學 22
t　　作 55　戳 55
ts　　捉 55
s　　朔 55
ɬ　　索 22
k　　閣 33　角 33
kʰ　　郭 33　確 55
n　　諾 22　落 22
l　　略 22　樂音~22

iam
h　　坎 21
t　　暫 32
s　　衫 32

iap
h　　恰 55　合 22　洽 22
t　　雜 22　集 22　習 22
ts　　閘 22
tsʰ　　插 33
k　　甲 55

u
ø　　波 33　多 33　朵 55　惰 21
v　　坡 33　禾 12　湖 12　戶 21　烏 33　芋 32

| | |
|---|---|
| h | 破 33　拖 33　可 55　河 12 |
| f | 苦 55　褲 32　呼 33　虎 55　夫 33　斧 55　扶 12　父 32　富 33　副 33 |
| | 浮 12　婦 21 |
| t | 座 33　助 32 |
| tʰ | 錯~誤 33 |
| ts | 阻 55 |
| tsʰ | 初 33　鋤 12 |
| s | 梭 33　酥 33　梳 33 |
| ɬ | 鎖 55 |
| k | 姑 33　古 55　故 33 |
| m | 摸 ᵐb55　魔 33 |
| n | 那 32　糯 32 |
| ŋ | 蛾 12　餓 32 |
| l | 羅 12　囉 12　縷絲~21 |

un

| | |
|---|---|
| ø | 玩 33 |
| v | 魂 12　混 21　溫 33　穩 55　雲 12 |
| h | 噴 32　盆 12 |
| f | 寬 33　歡 33　婚 33　分 33　粉 55　芬 33　份 32 |
| t | 進 33　尊 33　遵 33 |
| tʰ | 秦 12　村 21　寸 33　存 12　春 33 |
| ts | 准 55 |
| s | 唇 12　順 32　純 12 |
| ɬ | 損 55　筍 33 |
| k | 官 55　昆 33　滾 55　軍 33　郡 33 |
| kʰ | 群 12　菌 55 |
| m | 門 12　問 ᵐb32 |
| l | 論議~32　輪 12 |
| j | 潤 32 |

ut

| | |
|---|---|
| v | 屈 55　倔~強 22　活 22 |
| f | 闊 33　佛 22 |
| tsʰ | 出 55 |
| s | 術 22 |
| k | 掘 22　骨 55 |
| kʰ | 括 33　豁 33 |
| m | 抹~布 22　抹 22　沒~有 22 |

uŋ

| | |
|---|---|
| ø | 東 33　凍 33　動 21　洞 33　冬 33　椎 33 |
| h | 囪煙~33　通 33　桶 55　同 12　統 55　腔 33　空 33　恐 55　香 33　弘 12 |
| | 熊 12　胸 33 |
| f | 封 33　蜂 33　逢 12 |
| t | 將~來 33　匠 21　總 55　宗 33　象 21 |
| tʰ | 搶 55　牆 12　蔥 33　叢 12　松 12 |
| ts | 槳 55　蹤 33　長生~55　丈 21　掌 55　椿 33　誦 32　鐘 33　舂~米 33 |
| tsʰ | 蒼 33　從 12　暢 33　長~短 12　唱 33　綽 55　寵 55　重~複 12　重輕~33 |
| | 沖 33 |
| s | 慫~恿 55 |
| ɫ | 傷 33　送 33 |
| k | 薑 33　光 33　公 33　弓 33　供~給 33　共 33 |
| kʰ | 窮 12 |
| m | 蒙 12 |
| n | 濃 12 |
| l | 聾 12　龍 12 |
| j | 融 12　茸參~12　擁 55　容 12　用 32 |

uk

| | |
|---|---|
| h | 禿 55　哭 55 |
| t | 雀 55 |
| ts | 族 22　足 55　著~衣 22　俗 22　燭 55　觸 55 |
| tsʰ | 促 55　卓 55 |

ɬ　　粟 55

k　　腳 33　國 55　穀 55　菊 55　曲酒~55

kʰ　　曲 55

m　　幕 22　木 22


up

s　　濕 55


ui

h　　墟~市 33　去 33　虛 33

t　　罪 32　字 32　嘴 33　醉 33　早 55

tʰ　　催 33　脆 32　蛻 33　隨 12

ts　　追 33　墜 32

tsʰ　　除 12　處相~32　廚 12　吹 33　槌 12

s　　需 33　衰 33　水 55

ɬ　　緒 32　粹純~32　隧~道 32

k　　居 33　鋸~子 33　句 21　具 32　閨 33　桂 33　詭 55　跪 21　櫃 32　鬼 55

kʰ　　規 33　愧 33　渠 12　距 21　區~域 33　盔 12　窺 33　潰 32

l　　雷 12　累 33　蘽 21　淚 32

j　　銳 32


uai

k　　怪 33

kʰ　　葵 12


uɔ

k　　過 33


uet

k　　刮 33


ɛ

| | |
|---|---|
| ø | 低 33　刀 33　到 33　釣 33　矮 55 |
| v | 保 55　報 32　包 33　豹 32　鮑 21　表 33　彪 33 |
| h | 弟 33　抱 21　拋 33　梯 33　蹄 12　套 33　桃 12　跳 33　條 12　考 55 |
| | 鞋 12　好~壞 55　好喜~33　孝 33　校學~33　校上~33 |
| f | 快 33 |
| t | 灶 32　謝 32 |
| tʰ | 躁 33　草 55　曹 12 |
| ts | 遮 33 |
| tsʰ | 邪 12　炒 55 |
| s | 潲（豬食）33 |
| ɬ | 嫂 55　掃~帚 33 |
| k | 高 33　交 33　教~育 33　驕 33　轎 33　叫 33　餃 55 |
| kʰ | 橋 12　蟹 55 |
| m | 毛 12　貓 ᵐb55 |
| n | 努 21　腦 55　鬧 32 |
| ŋ | 咬 55 |
| l | 勞 12　老 55 |

| | |
|---|---|
| ei | |
| h | 孩 12 |
| f | 檜秦~33 |
| m | 買 33　賣 32　邁 32 |
| n | 泥 12　彌 12　眉 ᵐb12 |

| | |
|---|---|
| ə | |
| ø | 待 21　袋 32　愛 32　藹 55 |
| v | 杯 33　背 33　背~誦 33　貝 33　駁 32　回 12　會~議 32　會~不會 32　懷 12 |
| h | 配 33　陪 12　倍 21　害 32 |
| f | 科 33　課 33　火 55　灰 33　晦 55 |
| t | 災 33　再 33　在 21　載滿~33 |
| tʰ | 彩 55　菜 32　財 12　蔡 33 |
| ɬ | 鰓 33 |

k　　　果 55　蓋 33
m　　　梅 ᵐb12　妹 32
n　　　內 32
ŋ　　　外 32


em
ø　　　膽 55　淡 21
h　　　貪 33


ep
ø　　　答 55　鴨 33


en
ø　　　顛 33　電 32　眼 21
v　　　環 12
h　　　興 33　馨 33　兄 33
tʰ　　　澄 12
ts　　　征 33　貞 33　正 33
tsʰ　　　逞 55　程 12
s　　　線 33　乘 12　成 12
ɬ　　　姓 33
k　　　莖 21
j　　　燕~子 21　認 32　仍 12


et
v　　　八 33
s　　　食 22　識 55


ən
v　　　換 32　碗 55
ts　　　蒸 33　證 33
tsʰ　　　稱~呼 33

s　　升 33　丞 12

ət

v　　拔 22

eŋ

t　　精 33　靜 21

tʰ　　情 12

ek

h　　僻 55　辟 55

tʰ　　戚 55

s　　色 55

əŋ

tsʰ　懲 12　撐 33

ək

v　　核 22

ɔ

ø　　大 32　戴 33　帶 33　大~夫 32　帝 33　豆 32　棵 33　窩 33　歐~洲 33　嘔~
　　吐 55

v　　補 55　布 33　拜 33　擺 55　弊 33　敗 33　壞 32

h　　牌 12　婆 12　菩~薩 12　排 12　派 33　批 33　徒 12　偷 33　頭 12　口 55
　　諧 12　系連~32　喉 12　後 32　厚 21

f　　埠商~33　阜 21

t　　濟 33　子 55　走 55　鑿 33　皺 33

tʰ　娶 55　妻 33　齊 12　駝 12　兔 33　太 33　差參~33　篩~子 21

ts　寨 32　滯 32　制 32

tsʰ　柴 12

s　　傻 33　曬 33　世 32　誓 32　徙 55　駛 55　愁 12　瘦 33

ɬ　　　西 33　小 33

k　　　個~人 33　界 33　街 21　雞 33　狗 55　夠 33

kʰ　　構 33　磕 33　叩 33　溪 33

m　　　米 55　母 21

n　　　紐~扣 55

ŋ　　　鉤 33　我 32　臥 32　挨~住 33　涯 12　藝 32　蟻 55　危 12　魏 32　牛 12

l　　　騾 12　賴 32　勵 32　禮 21　樓 12　漏 32　拉 33

j　　　右 32


ɔi

ø　　　對 33　隊 32　哀 33

v　　　陛~下 21

h　　　胎 33　台 12　開 33　海 55　穢 33

ts　　　債 33

tsʰ　　豺 12　差出~33

s　　　洗 55

ɬ　　　碎 33

k　　　改 55

n　　　耐 32　奈 32　奶 21

ŋ　　　艾 32　桅~杆 12


ɔn

ø　　　短 55　緞 32　墩 33　鈍 32

v　　　搬 33　半 32　本 55　伴 32

h　　　叛 32　盤 12　判 33　斷~絕 21　囤 21　團 12　豚 21　盾矛~33　寒 12　汗 32
　　　漢 33

t　　　鑽 33　盡 21

tʰ　　川 33

s　　　悶 33　循 12

ɬ　　　酸 33　蒜 32　殉 32

k　　　乾~濕 33

m　　　滿 55

ŋ　　岸 32

ɔt
v　　缽 22　勃 22　奪 22
h　　脫 33　渴 33　喝~采 33
t　　卒兵~55
s　　尢白~22　率~領 55
ɬ　　猝倉~55　恤 55
k　　割 33

ɔŋ
v　　幫 33　綁 55　黃 12　汪一~水 33　枉 55　王 12
h　　看~守 33　晃 21
f　　慌 33　方 33　妨~害 12　房 12　況 33
kʰ　　狂 12
m　　忙 12　亡 ᵐb12　望 ᵐb32

ɔk
ø　　讀 22　毒 22
v　　博 55　薄 22　駁 22　瀑~布 22　鑊 22　縛 22　獲 22
h　　酷 22
f　　霍 33
tsʰ　蓄儲~55
s　　贖 22　屬 22
k　　局 22
m　　蟆蝦~12
ŋ　　惡可~33
l　　樂 22　鹿 22　綠 22
j　　肉 22　鬱 55　育 22　褥 22　玉 22　欲 22

y
t　　做 33　造 21

| ts | 煮 55　蛛 33　珠 33　蛙 33 |
| s | 書 33　鼠 55　署專~32　薯白~32　輸 33　樹 32 |
| ɬ | 師 33　絲 33　祠 12　士 21　柿 21　事 32　史 55　詩 33　侍 32　髓 55 |
| j | 如 12　魚 12　於~此33　與給~21　儒 12　乳 21　娛 12　遇 32　迂 32 |

**yn**

| h | 喧 33 |
| tʰ | 泉 12 |
| ts | 傳~記32　磚 33 |
| tsʰ | 傳~達12 |
| s | 選 33　旋 12　船 12 |
| k | 慣 33　倦 32　捐 33 |
| kʰ | 拳 12 |
| n | 嫩 32 |
| j | 軟 33　圓 12　緣 12　原 12　遠 55　縣 32　淵 33 |

**yt**

| h | 血 33 |
| s | 說~話33 |
| ɬ | 雪 33 |
| kʰ | 決 33　缺 55 |
| j | 粵 22　穴 22　乙 33 |

**ye**

| t | 蕉 21 |

**yuŋ**

| ø | 昂 33　讓 32　仰 21　秧 33 |
| tsʰ | 廠 55 |
| s | 裳衣~12　上~面32 |
| kʰ | 擴~充33 |

øy

tʰ　　脆 33

ts　　贅 32

s　　稅 33

ɬ　　歲 33

n　　女 21

l　　驢 12　旅 21　屢 32


øn

s　　舜 33

ɬ　　信 33

n　　暖 21

l　　鄰 12


øt

l　　栗 22　律 22


øŋ

k　　箱 33　相~貌 33

kʰ　　強~弱 12


øk

tsʰ　　勺 33

kʰ　　卻 55


m̩

ø　　蜈~蚣 12　五 55　誤 32


　　本文初稿曾發表於《漢學研究》第三十二卷第三期，漢學研究中心（THCI CORE），2014 年 9 月，頁 227-255。

# 第三篇
# -k 韻尾高調現象與韻攝分調

## 摘　要

　　東南方言多半有入聲調，無獨立入聲調的以官話區為主。又，入聲調值又可因聲母清濁、送氣與否，以及韻母元音的長短再做分調。因為入聲韻尾的差異，而有分調現象的方言則是罕見，但我們卻可在江西客贛語裡，看到因入聲韻尾而分調的語音現象。江西南豐贛語因收 -k 尾，入聲調值讀為高調。江西南康、安遠的客語，即使 -k 尾完全丟失了，但還可以見到原先高調的痕跡。江西于都客語的 -k 尾丟失，轉變為喉塞 -ʔ 韻尾，使得原先的高調變為高降調。許多的證據都顯示，漢語方言韻尾是有能力影響入聲調值的分化的，而江西客贛語的入聲 -k 尾即是顯著的一例。

　　本文分四個部分：一為漢語方言入聲調的性質，與大部分造成入聲分調的條件；其次論述因 -k 韻尾而造成調值差異的江西客贛語情形；再來討論另一個與 -k 尾所造成高調現象，相當類似的「韻攝分調」的情形；最末，討論 -k 尾造成高調的語音機制。期望藉由這些漢語方言分化的入聲調值的討論，能對入聲調的性質，以及入聲韻尾與調值分化的相關關係，有更進一步的瞭解。

**關鍵詞**：-k尾、高調、韻攝分調、江西、贛語

# Abstract

In Chinese dialect, Ru Tone (入聲) mostly does not have an independent position, some dialects have exceptions. Ru Tone can divide into different tones because the voiced or voiceless and the aspirated or unaspirated initials and the length of vowels. The split of the upper Ru Tone into two subtypes because of phonetic vowel length however is a very important trait in the Yue dialect (粵語). Ru Tone can be split by some phonetic reasons given above. It's hard to see that Ru Tone is separated by final consonants in Chinese dialect. In the Gan (贛) dialect in Jiangxi (江西), the stop ending (-k) enables the ru tone to become the high register. In this article, we will discuss the relationship between the stop ending (-k) and the high register.

At last, we will also discuss another similar phonetic phenomenon of -k and the high register is the split of Ru Tone of rhyme-groups (韻攝).

**Keywords:**   the stop ending (-k),   high register,   rhyme-group,   Jiangxi, the Gan dialect

# 壹、前言

漢語方言的入聲包含兩個面向：一為塞輔音的入聲韻尾；一為短促的聲調。前者關乎後者的存在與否，後者若沒有了入聲韻尾的支持，便失去「短促」的感覺，多半也因此失去了調值的特殊性，而併入了調值相同的舒聲調中。其中，入聲調值會依據聲母狀況（清濁、送氣與否）以及韻母元音狀況再做分化。但入聲調值依據韻尾的再做調值的變化，在漢語方言卻屬異數，而江西客贛語卻有因收 -k 尾而產生高調的入聲情形。本文擬先介紹漢語方言裡依據聲母、韻母元音分調的方言情況，再來看看江西客贛語，因 -k 尾而產生高調入聲情形，最末，本文將釐清與韻尾分調相當類似的「韻攝分調」情形。

## 貳、漢語方言的入聲調情況

### （一）少數有獨立地位的入聲調值

在漢語方言裡，入聲韻尾消失後，連帶的「促聲」的感覺也消失，其調值大多併入舒聲調類中。在入聲尾消失之前，這些入聲調值也多無獨立的地位，例如廣州粵語因長短元音及聲母清濁，而分出的陰入 55、中入 33、陽入 22 等調值，其入聲調值也同見於陰平的 55 調，陰去的 33 調，以及陽去的 22 調，只是因塞音尾的急收效果而念得較為短促。少數漢語方言在入聲韻尾消

失後，產生獨立的新聲調[1]，如長沙話。

### 表一　長沙話的聲調狀況

| 調類 | | |
|---|---|---|
| 陰平 | 書 | $\varsigma y^{33}$ |
| 陽平 | 殊 | $y^{13}$ |
| 上聲 | 許 | $\varsigma y^{41}$ |
| 陰去 | 恕 | $\varsigma y^{55}$ |
| 陽去 | 樹 | $\varsigma y^{21}$ |
| 入聲 | 述 | $\varsigma y^{24}$ |

　　大部分漢語方言的入聲韻沒有獨立調值，而保有入聲尾的入聲調值，其調值也多同於該方言的舒聲調，也就是說，聲母才是主導入聲調值分立的主因。

## （二）因韻母元音長短而分調

　　廣東粵語有所謂的長、短元音分調的情況，且這個長、短元音在入聲韻的部分，也造成了聲調上的差異。至於為什麼廣東粵語的長、短元音，只在入聲韻中造成聲調的差異，而不在舒聲韻上造成差別？我們可以先做這樣的假定，先假設一對聲韻條件相同，卻只有長、短元音對立的兩個入聲字：AB:P 與 ABP。依據我們對入聲韻尾性質的瞭解，它是個一發即逝，只有成阻的輔音韻尾，所以我們把上述兩個字的入聲尾部分暫用 0（zero）代替，於是 AB:P：ABP＝AB:0：AB0＝AB:：AB。自然而然，發

---

[1]　宗福邦：〈論入聲的性質〉，《音韻學研究》第一輯（北京：中華書局，1984 年）。

音較急較快的短元音 ɐ，當然念得比長元音的 ɐ: 來得「促」些，聲調也偏於高調。鼻韻尾與入聲尾的差別，就在於鼻韻尾可以把韻尾的音長拉長，因而使得長、短元音的對立不突顯，而入聲尾一發而逝的性質，正符合長、短元音可造成聲調分別的規則。

　　至於陰聲韻的部分，長、短元音的分別只出現在支、脂、微韻的合口與蟹攝開口三、四等韻字上，且長、短元音後都有一個元音韻尾 i，響度比鼻音韻尾更響，更阻絕了長、短元音在調類上的差別，因此廣東粵語長、短元音分調，只顯示在入聲韻字上。廣東粵語雖只在陰入字上，以長、短元音區分調類，但事實上，在陽入字的讀音上，也是稍有發音長短的差別，但因為其陽入調值（22）太低的緣故，所以未在聲調上形成對立。除了廣東粵語因韻母元音有分調情形外，桂南平話的陽入也會依據韻母元音的長、短來分調，如田東的「納 nap¹³」（上陽入）、「十 sɐp²²」（下陽入）²。

## （三）因聲母送氣而分調

　　江西贛語裡「送氣分調」的現象，主要發生在南昌片的方言點中。

---

² 李連進：《平話音韻研究》（廣西：廣西人民出版社，2000 年），頁40。

### 表二　南昌片贛語各類聲調因聲母狀況而分調的情形

| 南昌片贛語[3] | 平聲 | | | | 上聲 | 去聲 | | | 入聲 | | | 總數 |
|---|---|---|---|---|---|---|---|---|---|---|---|---|
| | 陰平 | | 陽平 | | | 陰去 | | 陽去 | 陰入 | | 陽入 | |
| | 不送氣 | 送氣 | 不送氣 | 送氣 | | 不送氣 | 送氣 | | 不送氣 | 送氣 | | |
| 南昌 | 44 | | 35 | 24 | 213 | 11 | | | 4 | | 1 | 7 |
| 新建 | 42 | | 55 | 24 | 213 | 33 | | 11 | 5 | | 2 | 8 |
| 安義 | 11 | | 31 | | 213 | 55 | | 24 | 5 | 53 | 2 | 8 |
| 湖口 | 55 | | 11 | | 24 | 35 | 213 | 13 | | | | 6 |
| 星子 | 33 | | 24 | | 31 | 55 | 214 | 11 | 35 | | | 7 |
| 都昌 | 33 | | 334 | 214 | 342 | 325 | | 11 | 5 | 2 | 3 1 | 10 |
| 修水 | 34 | 23 | 13 | | 21 | 55 | 45 | 22 | 42 | | 32 | 9 |
| 德安 | 44 | 33 | 42 | | 354 | 35 | 24 | 12 | 5 | 45 | 232 | 10 |
| 永修 | 35 | 24 | 33 | | 21 | 55 | 445 | 212 | 5 | 45 | 3 | 10 |
| 武寧 | 24 | | 211 | | 42 | 45 | | 22 | 54 | | | 6 |
| 田義 | 11 | | 53 | | 33 | 24 | | 42 | 5 | | | 6 |

以上為江西南昌片贛語「送氣分調」的情形，集中在陰平、陽平、陰去、陰入、陽入等聲調。其中，除南昌、新建、安義之外，其他的方言點都有「次清化濁」的情形。在這些同時發生「送氣分調」與「次清化濁」的贛語，是先發生了「送氣分調」，然後再發生「次清化濁」，且這些發生「送氣分調」的字類，原本調值都不低，才有送氣分調的可能[4]。

綜上所述，造成漢語方言聲調差異的主因，在於聲母以及主要元音長短的對立，後者少見，以廣東粵語與廣西平話為代表，

---

[3]　劉綸鑫：《客贛方言比較研究》（北京：中國社會科學出版社，1999年），頁22。

[4]　彭心怡：〈江西南昌片贛語「送氣分調」與「次清化濁」兩項音變發生順序的探討〉，《中國文學之學理與應用——明清語言與文學國際學術研討會論文集》（2011年5月）。

而前者影響聲調的方式，有來自其中古清、濁聲母的對立，也有來自現代聲母的送氣與否。

# 參、漢語方言的入聲調情況與韻尾分調

以下要介紹的江西客贛語，是漢語方言中少數以韻尾分調的方言。這些韻尾構成分調的江西贛語與客語，在 -k 尾，以及由 -k 變成的喉塞尾 -ʔ，甚至是完全脫落 -k 尾，而成為零韻尾的韻字，都有一個高調或高降調的產生。

## （一）-k 尾伴隨高調

### 1.江西贛語南豐

江西南豐贛語的入聲調有個特別的現象，也就是收 -k 尾的入聲韻字帶有高調。一般稱呼這個現象為「韻攝分調」，後文會更進一步地討論其他漢語方言韻攝分調的情況。筆者認為以「韻攝分調」來指稱這樣的聲調現象，並不精確，這些入聲字讀為高調的語音動機在 -k 尾的作用。江西贛語南豐「宕江曾梗通」入聲韻字的 -k 尾仍保留，入聲調為第⑦調，調值為 5，且這個由 -k 尾帶出的高調，並未與任一舒聲調相重複，為一獨立的入聲調值。

表三　南豐贛語的聲調狀況

| 南豐 | ①陰平 23 | ②陽平 Ⓐ45 | ③陽平 Ⓑ34 | ④上 11 | ⑤去 213 | ⑥入（咸深山臻）12 | ⑦入（宕江曾梗通）5 |
|------|---------|----------|----------|--------|---------|------------------|-------------------|

Ⓐ代表不送氣，Ⓑ代表送氣

表四　南豐贛語第 7 調與收 -k 尾相搭配的例字

| 托 | 剝 | 北 | 役 | 力 | 木 | 百 | 六 | 逆 |
|---|---|---|---|---|---|---|---|---|
| tʰok7 | pok7 | piɛk7 | ik7 | lik7 | muk7 | pak7 | lyk7 | nik7 |

　　南豐「咸深山臻」的入聲韻字，仍保留入聲韻尾，入聲韻尾有收 -p、-t、-l 尾的，而收 -l 邊音韻尾的入聲韻，則是由收 -t 入聲韻尾轉換而來的。這些收 -p、-t 韻尾的「咸深山臻」入聲字，調類為第⑥調，調值為 12。

　　比較南豐「咸深山臻」與「宕江曾梗通」的入聲韻字，前者包括多樣的入聲韻尾（-p、-t、-l），而後者只有 -k 尾。我們可以得出，讓後者有迥異於前者調值的原因，在於這個 -k 的入聲尾，而非表面「韻攝分調」的因素在主導，也就是說，不是收 -p、-t 的入聲韻尾在影響調值的分歧，收 -k 的入聲尾才是這些入聲韻字讀為高調的原因。

## （二）-k 消失殆盡，但仍有伴隨性的高調

### 1.江西客語－南康、安遠

　　以下為江西南康客語聲調的概況：

表五　南康客語的聲調狀況

| 南康 | ①陰平 44 | ②陽平 11 | ③上 21 | ④去 53 |
|---|---|---|---|---|
| 入聲調的歸併 | 咸深山臻 | | 宕江曾梗通 | |
| | 清聲母字⑤24 | 濁聲母字歸去聲④53 | 清聲母字⑥55 | 濁聲母字歸陰平①44 |

　　江西南康客語的「宕江曾梗通」入聲韻字的調類，嚴格來說

只有一類。南康「宕江曾梗通」入聲韻字一類歸第⑥調 55；一類是歸陰平第①調 44，而這兩種調值的入聲韻尾都是零韻尾 -ø。55 與 44 的高調，就實質的聽感來說是很難分別的，作者把「宕江曾梗通」入聲韻字的調類，一個歸為入聲調⑥55 的高調；一個歸為陰平的第①調 44，推敲其原因應是前者仍有短促的感覺，而後者在發音上可能有較舒緩的調值，或者只是純粹形式上的分別。故這裡的「宕江曾梗通」入聲韻字的調值，筆者只算做一種，也就是與舒聲調陰平同調值的 44。南康「宕江曾梗通」的入聲韻字沒有獨立入聲調值，且入聲韻 -k 尾也消失殆盡了，但依舊觀察得出來，-k 尾有伴隨高調的特性，即使 -k 尾已經完全脫落。

表六　南康客語「宕江曾梗通」入聲字的韻尾與調值

| 南康 | 宕江曾梗通入聲字 | |
|---|---|---|
| 調類與調值 | 入聲韻尾 | 聲母條件 |
| 44<br>（併入陰平） | -ø | 不構成分調條件 |

表七　南康客語「宕江曾梗通」清聲母入聲字的例字

| 宕江曾梗通清聲母入聲字 | 各 | 郭 | 桌 | 北 | 黑 | 額 | 隔 | 竹 |
|---|---|---|---|---|---|---|---|---|
| 第⑥調，調值 55 | ko6 | ko6 | tso6 | pə6 | hə6 | ŋa6 | ka6 | tsu6 |

表八　南康客語「宕江曾梗通」濁聲母入聲字的例字

| 宕江曾梗通濁聲母入聲字 | 弱 | 濁 | 學 | 賊 | 域 | 陌 | 獨 | 陸 |
|---|---|---|---|---|---|---|---|---|
| 第①調，調值 44 | nio1 | tsʰu1 | ho1 | tsʰə1 | ye1 | ma1 | tʰu1 | lo1 |

　　另外，南康客語的「咸深山臻」入聲韻字的調值，總共有兩種類型，依據中古聲母的清濁再分兩類型。

表九　南康客語「咸深山臻」入聲字的韻尾與調值

| 南康 | 咸深山臻入聲字 | |
|---|---|---|
| 調類與調值 | 入聲韻尾 | 聲母條件 |
| ⑤24 | -ʔ | 清聲母 |
| ④（第四調為去聲）53 | -ʔ | 濁聲母 |

　　比較了南豐贛語與南康客語的入聲調後，我們知道讓這些入聲韻字讀為高調的語音機制，在於 -k 尾的影響，-k 尾易與高調伴隨出現。

## 2.江西客語－安遠

　　以下為江西安遠客語聲調的概況：

表十　安遠客語的聲調狀況

| 安遠 | ①陰平 35 | ②陽平 24 | ③上 31 | ④陰去 53 | ⑤陽去 55 |
|---|---|---|---|---|---|
| 入聲調的歸併 | 咸深山臻 | | | 宕江曾梗通 | |
| | 清聲母歸上聲③31 | 濁聲母歸陰平①35 | | 歸入陽去⑤55 | |

　　江西安遠客語「宕江曾梗通」等的入聲韻字，收 -k 尾的調類只有一種，也就是 55 的高調，且調值同於舒聲韻的陽去調，沒有獨立的性質。

### 表十一　安遠客語「宕江曾梗通」入聲字的韻尾與調值

| 調類與調值 | 入聲韻尾 | 聲母條件 |
|---|---|---|
| ⑤（第 5 調為陽去）55 | -ø | 不構成分調條件 |

### 表十二　安遠客語「宕江曾梗通」入聲字的例字

| 宕江曾梗通入聲字 | 各 | 郭 | 桌 | 學 | 北 | 賊 | 黑 | 額 | 隔 | 讀 |
|---|---|---|---|---|---|---|---|---|---|---|
| 第 5 調，調值 55 | kω5 | kω5 | tsω5 | hω5 | pe5 | tsʰe5 | he5 | ŋe5 | ka5 | tʰu5 |

至於江西安遠客語的「咸深山臻」的入聲韻字，其調值總共有兩種類型，-p、-t 韻尾消失後，入聲調「促」的感覺消失，並併入調值相應的舒聲調中。

### 表十三　安遠客語「咸深山臻」入聲調歸併到舒聲調狀況

| 調類與調值 | 入聲韻尾 | 聲母條件 |
|---|---|---|
| ①（第①調為陰平）35 | -ø | 濁聲母 |
| ③（第③調陰上）31 | -ø | 清聲母 |

同樣的，影響江西安遠客語，表面看來有「韻攝分調」的原因，在於收 -k 的殊異性，而非傳統中古的韻攝分別。

## （三）-k 尾消失變為喉塞尾 -ʔ，降調伴隨而至

### 1.江西客語－于都

江西于都客語則是另一種型態。表面上看起來，入聲調值似乎非常紛雜，尤其「宕江曾梗通」裡，間或摻雜著「咸深山臻」的入聲韻字，但細究就會發現，那些讀為第⑥調的「咸深山臻」

入聲韻字，都有一個喉塞韻尾 -ʔ。也就是說，入聲韻大抵以有無「喉塞韻尾 -ʔ」做一個分界，原本收 -p、-t 的入聲韻尾丟失後，大抵依照聲母的清濁，併入相應調值的舒聲韻。原本收 -k 尾的入聲字，以及少部分的收 -p、-t 尾的入聲字，因較晚丟失入聲韻尾，且仍有一個喉塞的促音感，所以分調不同於那些原本收 -p、-t 的入聲字，而這些收喉塞韻尾 -ʔ 的入聲字，也大抵依據聲母清濁做調值的分異。甚至「宕江曾梗通」的濁聲母入聲字，在完全丟失入聲尾後，也有與「咸深山臻」一樣的走向，也就是併入舒聲陽去調。依照江西于都客語的分調情形，我們可以得到，主導江西于都客語入聲分調的語音條件，除了聲母的清濁之外，就是入聲韻尾的存歿，而非中古的「韻攝」分判。

**表十四　于都客語的聲調狀況**

| 于都 | ①陰平 31 | ②陽平 44 | ③陰上 35 | ④陰去 323 | ⑤陽去 42 |
|---|---|---|---|---|---|
| 入聲調的歸併 | 咸深山臻-ø | | 宕江曾梗通-ʔ、-ø | | |
| 于都 | 「咸深山臻」的清聲母與部分濁聲母字歸陰去④323 | 濁聲母字歸陽去⑤42 | 「宕江曾梗通」清聲母與部分「咸深山臻」(-ʔ)的濁聲母及零星清聲母⑥54 | | 濁聲母字歸陽去⑤42 (-ø) |

　　于都「咸深山臻」入聲韻字的調類，可以分為以下三種類型：

### 表十五　于都客語「咸深山臻」入聲

| 于都 | 咸深山臻 | |
|---|---|---|
| 調類與調值 | 入聲韻尾 | 聲母條件 |
| ⑥54 | -ʔ | 清濁聲母皆有 |
| ④（第④調歸陰去）323 | -ø | 清聲母與次濁聲母 |
| ⑤（第⑤調歸陽去）42 | -ø | 濁聲母 |

　　于都「宕江曾梗通」入聲韻字的調類，可以分為以下三種類型：

### 表十六　于都客語「宕江曾梗通」入聲

| 于都 | 咸深山臻 | |
|---|---|---|
| 調類與調值 | 入聲韻尾 | 聲母條件 |
| ⑥54 | -ʔ | 不構成分調條件 |
| ⑤（第⑤調歸陽去）42 | -ø、-ŋ | |

再次綜合以上的表，江西于都客語的入聲韻字，包含「咸深山臻」與「宕江曾梗通」的入聲韻字，可全部簡化為以下的兩型三類。

### 表十七　于都客語入聲的分類

| 收尾情形 | 聲母清濁 | 調值 |
|---|---|---|
| 第一型：-ø | 清聲母 | 陰去④323 |
| | 濁聲母 | 陽去⑤42 |
| 第二型：-ʔ | 清、濁聲母皆有 | 獨立入聲調，第⑥調54 |

　　另外，必須另外說明的是，江西于都客語有四個收舌根鼻音

-ŋ 尾的入聲韻字，這些 -ŋ 尾是由原本收 -k 的入聲韻尾轉換而來
的。這四個字屬於第一型丟失韻尾的零聲母型。

### 表十八　于都客語收舌根鼻音 -ŋ 尾的入聲字

| 例字 | 木 | 目 | 肉 | 月 |
|---|---|---|---|---|
| 第⑤調，調值 42 | məŋ5 | məŋ5 | ȵiəŋ5 | ȵiəŋ5 |

　　江西贛語裡，有一種少見於其他漢語方言的「不連續調型」
現象。舉例來說，餘干贛語入聲尾有 -t 尾與 -k 尾，在 -t 尾與 -k
尾之後有一短暫間隔，並增生相同部位的鼻音，如：[t－n]、[k
－ŋ]，前後兩段都有調值，陰入為低促－半高促，陽入為低促－
低促。也就是說，因為江西贛語有一種在字尾有「拖長音」的現
象，發生在去聲調時可讓前面的元音加長；發生在入聲調時，除
了有讓聲調拉長的效果之外，還會產生與入聲韻尾相對的鼻音
尾，這是一種重音的現象。如果我們說，吳語附加了鼻尾小稱，
使得音節變為重音的音節。重音表現為較長的音長、較長或較高
的元音，或是升調、高調。那麼我們可以發現贛語實際上是走了
和吳語相似卻反向的演變道路。因為字尾的時長增長，使得音節
變為重音節，也因此附加上與塞韻尾相對部位的鼻音尾。

　　江西于都客語只在少數收 -k 尾的入聲韻字上，轉換成相應
部位的鼻韻尾，這應是受鄰近客語的影響。

贛語重音表現在不連續調型上

贛語在句末或詞末喜歡「拖音」
（拉長音長，使其具有重音）

↓

聲調變為低升或拉長的聲調
（聲調拉長是重音的一種表現）

余干入聲尾變成相應的陽聲韻尾　　　　　　吉安縣文陂去聲調的元音拉長
（鼻輔音響度大，相較於塞輔音韻尾可拉長）　　（元音變長是重音的表現）

**圖一　江西贛語的不連續調型**

# 肆、漢語方言「韻攝分調」的例子

在其他的漢語方言裡，也有一些看似是韻尾在主導入聲分調的例子，那就是所謂的「韻攝分調」。辛世彪《東南方言聲調比較研究》[5]中，列舉了粵語、平話、閩語、客語、贛語以及徽語來說明「韻攝分調」的情形。其實這些方言「韻攝分調」的實際內容都可再做分析，以中古的「韻攝分調」條件去指稱並不精確。上文已對粵語、平話、客語、贛語的入聲韻字的分調情形做過說明，以下舉辛世彪《東南方言聲調比較研究》書中的閩語與徽語情形，再加以說明。

## （一）閩語－閩南式

辛世彪研究東南漢語方言，發現許多的東南漢語方言都有

---

[5]　辛世彪：《東南方言聲調比較研究》（上海：上海教育出版社，2004年）。

「韻攝分調」的情形。以下我們討論書中閩南、閩東及徽語的韻攝分調情形[6]。

### 表十九　閩南式的韻攝分調－深臻曾通（清入字）

|  | 汁 | 濕 | 七 | 吉 | 得 | 息 | 督 | 促 | 曲 |
|---|---|---|---|---|---|---|---|---|---|
| 仙游 | $\text{tsieʔ}^{2}_{7}$ | $\text{ɬiʔ}^{2}_{7}$ | $\text{tsʰiʔ}^{2}_{7}$ | $\text{kiʔ}^{2}_{7}$ | $\text{tɛʔ}^{2}_{7}$ | $\text{ɬiʔ}^{2}_{7}$ | $\text{tɒʔ}^{2}_{7}$ | $\text{tsʰyøʔ}^{2}_{7}$ | $\text{kʰuoʔ}^{2}_{7}$ |
| 漳平 | $\text{tsiap}^{55}_{7a}$ | $\text{sip}^{55}_{7a}$ | $\text{tsʰit}^{55}_{7a}$ | $\text{kit}^{55}_{7a}$ | $\text{tit}^{55}_{7a}$ | $\text{sit}^{55}_{7a}$ | $\text{tok}^{55}_{7a}$ | $\text{tsʰok}^{55}_{7a}$ | $\text{kʰiok}^{55}_{7a}$ |
| 雷州 | $\text{tsiap}^{5}_{7}$ | $\text{sip}^{5}_{7}$ | $\text{tsʰiek}^{5}_{7}$ | $\text{kiek}^{5}_{7}$ | $\text{tek}^{5}_{7}$ | $\text{sik}^{5}_{7}$ | $\text{tok}^{5}_{7}$ | $\text{tsʰok}^{5}_{7}$ | $\text{kʰiok}^{5}_{7}$ |
| 海口 | $\text{tsip}^{55}_{7a}$ | $\text{sip}^{55}_{7a}$ | $\text{sit}^{55}_{7a}$ | $\text{kit}^{55}_{7a}$ | $\text{ʔdit}^{55}_{7a}$ | $\text{tek}^{55}_{7a}$ | $\text{ʔdok}^{55}_{7a}$ | $\text{sok}^{55}_{7a}$ | $\text{xiak}^{55}_{7a}$ |

### 表二十　閩南式的韻攝分調－咸山宕江梗（清入字）

|  | 塔 | 鴨 | 渴 | 鐵 | 索 | 桌 | 拍 | 格 | 壁 |
|---|---|---|---|---|---|---|---|---|---|
| 仙游 | $\text{tʰɒ}^{21}_{6}$ | $\text{ɒ}^{21}_{6}$ | $\text{kʰua}^{21}_{6}$ | $\text{tʰi}^{21}_{6}$ | $\text{ɬo}^{21}_{6}$ | $\text{to}^{21}_{6}$ | $\text{pʰa}^{21}_{6}$ | $\text{ka}^{21}_{6}$ | $\text{pia}^{21}_{6}$ |
| 漳平 | $\text{tʰa}^{55}_{7b}$ | $\text{a}^{55}_{7b}$ | $\text{kʰua}^{55}_{7b}$ | $\text{tʰi}^{55}_{7b}$ | $\text{so}^{55}_{7b}$ | $\text{to}^{55}_{7b}$ | $\text{pʰa}^{55}_{7b}$ | $\text{ke}^{55}_{7b}$ | $\text{pia}^{55}_{7b}$ |
| 雷州 | $\text{tʰa}^{55}_{6}$ | $\text{a}^{55}_{6}$ | $\text{kʰua}^{55}_{6}$ | $\text{tʰi}^{55}_{6}$ | $\text{so}^{55}_{6}$ | $\text{to}^{55}_{6}$ | $\text{pʰa}^{55}_{6}$ | $\text{ke}^{55}_{6}$ | $\text{pia}^{55}_{6}$ |
| 海口 | $\text{ha}^{55}_{7b}$ | $\text{a}^{55}_{7b}$ | $\text{xua}^{55}_{7b}$ | $\text{hi}^{55}_{7b}$ | $\text{to}^{55}_{7b}$ | $\text{ʔdo}^{55}_{7b}$ | $\text{fa}^{55}_{7b}$ | $\text{kɛ}^{55}_{7b}$ | $\text{ʔbia}^{55}_{7b}$ |

### 表二十一　閩南式的韻攝分調－深臻曾通（濁入字）

|  | 習 | 及 | 實 | 密 | 賊 | 力 | 毒 | 目 | 局 |
|---|---|---|---|---|---|---|---|---|---|
| 仙游 | $\text{ɬiʔ}^{4}_{8}$ | $\text{kiʔ}^{4}_{8}$ | $\text{ɬiʔ}^{4}_{8}$ | $\text{pɛʔ}^{4}_{8}$ | $\text{tsʰɛʔ}^{4}_{8}$ | $\text{liʔ}^{4}_{8}$ | $\text{tɒʔ}^{4}_{8}$ | $\text{maʔ}^{4}_{8}$ | $\text{kyøʔ}^{4}_{8}$ |
| 漳平 | $\text{sip}^{53}_{8}$ | $\text{kip}^{53}_{8}$ | $\text{tsat}^{53}_{8}$ | $\text{bat}^{53}_{8}$ | $\text{tsʰat}^{53}_{8}$ | $\text{lat}^{53}_{8}$ | $\text{tak}^{53}_{8}$ | $\text{bak}^{53}_{8}$ | $\text{kiok}^{53}_{8}$ |
| 雷州 | $\text{tsip}^{2}_{8}$ | $\text{kip}^{2}_{8}$ | $\text{siek}^{2}_{8}$ | $\text{bak}^{2}_{8}$ | $\text{tsʰak}^{2}_{8}$ | $\text{lak}^{2}_{8}$ | $\text{tok}^{2}_{8}$ | $\text{mak}^{2}_{8}$ | $\text{kʰok}^{2}_{8}$ |
| 海口 | $\text{tsip}^{33}_{8}$ | $\text{kip}^{33}_{8}$ | $\text{tak}^{33}_{8}$ | $\text{vak}^{33}_{8}$ | $\text{sak}^{33}_{8}$ | $\text{lak}^{33}_{8}$ | $\text{ʔdak}^{33}_{8}$ | $\text{mak}^{33}_{8}$ | $\text{xɔk}^{33}_{8}$ |

---

[6]　辛世彪：《東南方言聲調比較研究》（上海：上海教育出版社，2004年），頁 38。

表二十二　閩南式的韻攝分調－咸山宕江梗（濁入字）

| | 踏 | 臘 | 辣 | 活 | 落 | 著 | 學 | 麥 | 石 |
|---|---|---|---|---|---|---|---|---|---|
| 仙游 | $t^h\upɒ^{24}_2$ | $la^{24}_2$ | $lua^{24}_2$ | $lua^{24}_2$ | $lo^{24}_2$ | $tieu^{24}_2$ | $o^{24}_2$ | $pa^{24}_2$ | $ɬieu^{24}_2$ |
| 漳平 | $ta^{53}_6$ | $la^{53}_6$ | $lua^{53}_6$ | $gua^{53}_6$ | $lo^{53}_6$ | $tio^{53}_6$ | $o^{53}_6$ | $bia^{53}_6$ | $tso^{53}_6$ |
| 雷州 | $ta^{33}_4$ | $la^{33}_4$ | $lua^{33}_4$ | $ua^{33}_4$ | $lo^{33}_4$ | $tio^{33}_4$ | $o^{33}_4$ | $be^{33}_4$ | $tsio^{33}_4$ |
| 海口 | $ʔda^{33}_4$ | $la^{33}_4$ | $lua^{33}_4$ | $ua^{33}_4$ | $lo^{33}_4$ | $ʔdio^{33}_4$ | $o^{33}_4$ | $vɛ^{33}_4$ | $tsio^{33}_4$ |

　　將以上閩南的資料，整理為下列的表格，右邊的漳平、海口，並無韻攝分調的問題，5 與 55、3 與 33 調的差別，只在於發音時間的長短，入聲尾若還在，則有「促聲」之感。

　　至於仙游與雷州，表面看來是韻攝分化了聲調，但把分化後的新調（仙游「咸山宕江梗」清入、濁入；雷州「咸山宕江梗」濁入）與韻尾搭配起來看，就會知道，這些新入聲調產生的原因，來自塞音尾、喉塞音尾的脫落，而且新的入聲調並無獨立的地位，而是併入調值相應的舒聲調：仙游「咸山宕江梗」清入 21 調併入陽去；仙游「咸山宕江梗」濁入 24 調併入陽平；雷州「咸山宕江梗」清入 55 調併入陽去；雷州「咸山宕江梗」濁入 33 調併入陽上。

表二十三　閩南式的韻攝分調

| 閩南 | | 仙游 | | 雷州 | | 漳平 | | 海口 | |
|---|---|---|---|---|---|---|---|---|---|
| 深臻曾通 | 清入 | -ʔ、-ø | 2 | -p、-k | 5 | -p、-t | 5 | -p、-t、-k | 5 |
| | 濁入 | -ʔ | 4 | -p、-k | 2 | -p、-t、-k | 53 | -p、-k | 3 |
| 咸山宕江梗 | 清入 | -ø | 21 | -ø | 55 | -ø | 5 | -ø | 55 |
| | 濁入 | -ø | 24 | -ø | 33 | -ø | 53 | -ø | 33 |

## (二)閩語—閩東式

以下是閩東的韻攝分調情形[7]。

**表二十四　閩東式的韻攝分調－咸深山臻**

| 清入字 | 塔 | 鴨 | 接 | 汁 | 濕 | 渴 | 鐵 | 七 | 吉 |
|---|---|---|---|---|---|---|---|---|---|
| 福清 | $t^haʔ^{22}_7$ | $aʔ^{22}_7$ | $tsieʔ^{22}_7$ | $tsaiʔ^{22}_7$ | $seʔ^{22}_7$ | $k^haʔ^{22}_7$ | $t^hieʔ^{22}_7$ | $ts^heʔ^{22}_7$ | $keʔ^{22}_7$ |
| 濁入字 | 踏 | 臘 | 業 | 習 | 及 | 辣 | 活 | 實 | 密 |
| 福清 | $taʔ^5_8$ | $laʔ^5_8$ | $ŋieʔ^5_8$ | $siʔ^5_8$ | $kiʔ^5_8$ | $laʔ^5_8$ | $uaʔ^5_8$ | $siʔ^5_8$ | $miʔ^5_8$ |

**表二十五　閩東式的韻攝分調－宕江曾梗通**

| 清入字 | 郭 | 削 | 桌 | 百 | 赤 | 壁 | 摘 | 燭 | 曲 |
|---|---|---|---|---|---|---|---|---|---|
| 福清 | $kuo^{21}_6$ | $suo^{21}_6$ | $to^{21}_6$ | $pa^{21}_6$ | $ts^hia^{21}_6$ | $pia^{21}_6$ | $tia^{21}_6$ | $tsuo^{21}_6$ | $k^huo^{21}_6$ |
| 濁入字 | 薄 | 縛 | 鐲 | 值 | 白 | 額 | 澤 | 局 | 玉 |
| 福清 | $po^{53}_1$ | $puo^{53}_1$ | $so^{53}_1$ | $tia^{53}_1$ | $pa^{53}_1$ | $ŋia^{53}_1$ | $ta^{53}_1$ | $kuo^{53}_1$ | $ŋuo^{53}_1$ |

我們將閩東福清方言的入聲韻字整理為下表，看得會更清楚，造成「宕江曾梗通」入聲調值的背後語音機制，是這些中古入聲韻攝，丟失塞尾的速度並不一致。福清「宕江曾梗通」有新的入聲調值的原因，在於喉塞韻尾的先丟失。與其說是韻攝（韻尾）造成了入聲調值的差異，倒不如說是喉塞韻尾的丟失速度在主導調值的分化。且我們還可以注意到，「宕江曾梗通」新分出來的調值 21、53 與「咸深山臻」原來的 22、5 相當接近，調值的起始值是相同的，可見得原來本來的入聲調值只是 22、5，因喉塞韻尾丟失，才導致降調 21、53 的產生。喉塞韻尾常伴隨降

---

7　辛世彪：《東南方言聲調比較研究》（上海：上海教育出版社，2004年），頁39。

調特質，如回輝話的下降調都伴隨著喉塞韻尾[8]。這裡顯示，有時下降調的產生，也與喉塞韻尾的消失運動相關。

表二十六　閩東福清的入聲韻尾與調值的搭配

| 福清 | 咸深山臻 | -ʔ | 清入 | 22 |
|---|---|---|---|---|
| | | | 濁入 | 5 |
| | 宕江曾梗通 | -ø | 清入 | 21 |
| | | | 濁入 | 53 |

## （三）徽語

以下是徽語的韻攝分調情形[9]。

表二十七　徽語中的韻攝分調－深臻曾通

| 清入字 | 汁 | 急 | 七 | 吉 | 得 | 色 | 哭 | 竹 | 叔 |
|---|---|---|---|---|---|---|---|---|---|
| 建德 | tsəʔ$^5_7$ | tɕiəʔ$^5_7$ | tɕʰiəʔ$^5_7$ | tɕiəʔ$^5_7$ | təʔ$^5_7$ | səʔ$^5_7$ | kʰuəʔ$^5_7$ | tɕyəʔ$^5_7$ | ɕyəʔ$^5_7$ |
| 壽昌 | tsəʔ$^3_{7b}$ | tɕiəʔ$^3_{7b}$ | tɕʰiəʔ$^3_{7b}$ | tɕiəʔ$^3_{7b}$ | təʔ$^3_{7b}$ | səʔ$^3_{7b}$ | kʰɔʔ$^3_{7b}$ | tɕiəʔ$^3_{7b}$ | ɕiɔʔ$^3_{7b}$ |
| 濁入字 | 立 | 及 | 實 | 日 | 賊 | 力 | 毒 | 目 | 局 |
| 建德 | liəʔ$^{12}_8$ | tɕiəʔ$^{12}_8$ | səʔ$^{12}_8$ | iəʔ$^{12}_8$ | səʔ$^{12}_8$ | liəʔ$^{12}_8$ | təʔ$^{12}_8$ | məʔ$^{12}_8$ | tɕyəʔ$^{12}_8$ |
| 壽昌 | liəʔ$^{31}_8$ | tɕʰiəʔ$^{31}_8$ | səʔ$^{31}_8$ | niəʔ$^{31}_8$ | səʔ$^{31}_8$ | liəʔ$^{31}_8$ | tʰɔʔ$^{31}_8$ | mɔʔ$^{31}_8$ | tɕʰiɔʔ$^{31}_8$ |

---

[8]　鄭貽青：〈論回輝話聲調的形成與發展〉，《民族語文》第 3 期（1996年），頁 29。

[9]　辛世彪：《東南方言聲調比較研究》（上海：上海教育出版社，2004年），頁 41。

### 表二十八　徽語中的韻攝分調－咸山宕江梗[10]

| 清入字 | 塔 | 鴨 | 刮 | 鐵 | 索 | 桌 | 百 | 格 | 壁 |
|---|---|---|---|---|---|---|---|---|---|
| 建德 | $\text{t}^\text{h}\text{o}^{55}_{6}$ | $\text{o}^{55}_{6}$ | $\text{ko}^{55}_{6}$ | $\text{t}^\text{h}\text{ie}^{55}_{6}$ | $\text{so}^{55}_{6}$ | $\text{tsu}^{55}_{6}$ | $\text{pa}^{55}_{6}$ | $\text{ka}^{55}_{6}$ | $\text{piəʔ}^{5}_{7}$ |
| 壽昌 | $\text{t}^\text{h}\text{uə}^{55}_{7a}$ | $\text{uə}^{55}_{7a}$ | $\text{kuə}^{55}_{7a}$ | $\text{t}^\text{h}\text{ie}^{55}_{7a}$ | $\text{səʔ}^{3}_{7b}$ | $\text{tɕiəʔ}^{3}_{7b}$ | $\text{pəʔ}^{3}_{7b}$ | $\text{kəʔ}^{3}_{7b}$ | $\text{piəʔ}^{3}_{7b}$ |
| 濁入字 | 盒 | 蠟 | 辣 | 活 | 落 | 著 | 學 | 麥 | 石 |
| 建德 | $\text{ho}^{213}_{34}$ | $\text{lo}^{213}_{34}$ | $\text{lo}^{213}_{34}$ | $\text{o}^{213}_{34}$ | $\text{lo}^{213}_{34}$ | $\text{tsa}^{213}_{34}$ | $\text{hu}^{213}_{34}$ | $\text{ma}^{213}_{34}$ | $\text{sa}^{213}_{34}$ |
| 壽昌 | $\text{huə}^{24}_{3}$ | $\text{luə}^{24}_{3}$ | $\text{luə}^{24}_{3}$ | $\text{uə}^{24}_{3}$ | $\text{lɔʔ}^{31}_{8}$ | $\text{ts}^\text{h}\text{ɔʔ}^{31}_{8}$ | $\text{hɔʔ}^{31}_{8}$ | $\text{məʔ}^{31}_{8}$ | $\text{səʔ}^{31}_{8}$ |

　　徽語的韻攝分調可整理為下表，從建德，我們可以看出「咸山宕江梗」的新入聲調的產生，來自於喉塞韻尾的脫落，而非中古韻攝的分別，建德「咸山宕江梗」清入 55 併入舒聲調陽去；濁入 213 則併入陽上。從壽昌徽語我們更可以看清楚韻尾脫落對入聲調的影響，壽昌「咸山宕江梗」無論清入、濁入都存在兩種調值，其中還保有喉塞韻尾的「咸山宕江梗」韻攝字，聲調與「深臻曾通」完全一樣，所以讓「咸山宕江梗」有不同於「深臻曾通」韻攝字聲調的原因，並不是在韻攝的分別，而是在於喉塞韻尾的有無。

### 表二十九　徽語的韻攝分調

| 徽語 | | 建德 | | 壽昌 | | | |
|---|---|---|---|---|---|---|---|
| 深臻曾通 | 清入 | -ʔ | 5 | -ʔ | 3 | | |
| | 濁入 | -ʔ | 12 | -ʔ | | 31 | |
| 咸山宕江梗 | 清入 | -ø | 55 | -ʔ | 3 | -ø | 55 |
| | 濁入 | -ø | 213 | -ʔ | 31 | -ø | 24 |

---

10　辛世彪：《東南方言聲調比較研究》（上海：上海教育出版社，2004年），頁 41。

# 伍、-k 尾具高調的語音機制

## （一）廣東粵語 kw-的啟示

> 舌根後半部隆起並提升到軟顎處，因舌根和軟顎的堅實接
> 觸而使氣流受阻，所產生的音稱為舌根塞音。[11]

　　從這段描述我們可以看到一舌根音，這裡我們暫時用 [k] 代表，當我們發舌根音 [k] 時，必須把舌體後部高高隆起並抵觸軟顎。這個舌體後部「高高隆起」的性質，使得舌根音的性質，就有一種類似發高部位元音的特性，這也就是為什麼我們在廣東粵語，總是可以看到舌根音 [k] 與接近音（approximant）的唇音 [w] 一起出現（[kʷ]）。接近音的 [w] 其發音性質就像元音的 [u]，而在舌面元音圖上，元音 [u] 偏高、偏後的發音性質，與同樣偏高、偏後的舌根音 [k] 最為相近。

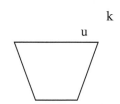

**圖二　舌面元音 u 與舌根音 [k] 的位置分佈**

---

[11]　鍾榮富：《當代語言學概論》（臺北：五南出版社，2006 年），頁35。

## （二）發 -k 尾的預期心理造成逆向同化

以江西南豐贛語入聲韻分調的表現，我們可以先歸納出一個共性來，那就是「宕江曾梗通」入聲韻字的調值偏向高調，與其收舌根的 -k 尾有密切的關係。

南豐贛語的這個高起的 -k 韻尾，有一個 [＋高] 的語音徵性在音節末尾。而這個 [＋高] 的韻尾使得南豐贛語，發生一種類似「高化」的作用，也就是一種預期要將最後舌位調整到最高的態勢，於是這種預期心理所造成的逆向同化，促使了高調值的產生。

至於江西南康與安遠客語的「宕江曾梗通」入聲韻字，無論原來中古聲母的清、濁，一律都讀為高調（44 與 55），且入聲韻尾皆已脫落，呈現一零韻尾的情形。我們可以設想這會是南豐贛語後續演變的一種可能性。江西南豐贛語 -k 韻尾伴隨高調（5），若未來 -k 韻尾走上丟失的路，很可能就會有與江西南康與安遠客語一樣的情形，入聲 -k 韻尾不復存在，而原先伴隨的高調還維持著。

## （三）-ʔ 尾的性質

### 1.由 -k 尾變來、緊喉作用強的 -ʔ 也可促發高調

前文提到這個舌體後部隆起的 -k 韻尾，能使得舌體有一種預期抬高、緊張的趨勢，進而能引發高調的產生。上文提到江西于都客語的第⑥調（54 高調），出現的環境有二，一是在「宕江曾梗通」的入聲字（舌根的塞韻尾 -k 已弱化成 -ʔ）；二是在部分的「咸深山臻」入聲韻字（入聲韻尾同樣是喉塞音的 -ʔ）。

我們可以合理的推測：來自「宕江曾梗通」的入聲字在還是收舌根塞韻尾 -k 時，就已經有高調的產生，而後者的高調則來自喉塞音 -ʔ 尾。

喉塞韻尾又多伴隨降調，如回輝話所有的下降調（包括高降調 43）有一個共同的特色，就是音節末尾都有一個喉塞音[12]。

江西于都客語由 -k 尾變成的喉塞 -ʔ 韻尾的入聲韻字，調值偏向降調。至於江西于都客語的這個 54 的高調，也包含了少部分原本不是收 -k 韻尾的「咸深山臻」入聲韻字，因為這些「咸深山臻」入聲韻字，較晚丟失喉塞韻尾，所以也併入了第⑥調 54。

當我們在發喉塞音時，聲門上的肌肉以及假聲帶的部分，會發生一種緊縮的運動。我們發音時預期在音節末尾要緊縮肌肉，因為這種預期的心理狀態，促發肌肉的預期緊張，因而促成高調調值的產生。大體上，我們在江西于都客語看到高調且收 -ʔ 韻尾的入聲韻字，原多是收 -k 尾的入聲字，間有少部分例外（部分收 -ʔ 尾的「咸深山臻」字群）。

## 2.弱化形式的 -ʔ，不具備高調的特性

江西于都客語，部分出現在「咸深山臻」收喉塞音 -ʔ 入聲韻字的第⑥調（54 高調），筆者認為產生的原因是上文所說的喉塞音的「緊喉作用」。但若是這個喉塞尾 -ʔ 只是由 -p、-t 尾弱化而來，且在弱化之前，收 -p、-t 尾的「咸深山臻」入聲韻字已經形成「非高調」的聲調形式，那麼這個喉塞尾 -ʔ 就不會

---

[12]　鄭貽青：〈論回輝話聲調的形成與發展〉，《民族語文》第 3 期（1996年），頁 29。

引發高調的產生。

　　我們也可以設想，江西于都客語出現少數高調的「咸深山臻」入聲韻字，他們的 -ʔ 韻尾是較晚丟失的。因為喉塞韻尾 -ʔ 的緊縮作用，因而「逆向」地由原來的「非高調」轉變為「高調」的調值。因此我們可以推論這個喉塞尾 -ʔ 在語音的型態表現上，至少有兩種形式，一是「緊縮」的 -ʔ；一是「弱化」的 -ʔ。也就是說，並不是每個收喉塞韻尾 -ʔ 的入聲韻字，都可以很明顯地表現其「緊縮」的作用，有些只是單純的「弱化」入聲韻尾的表現。

### 3.「咸深山臻」入聲韻字具備非高調的性質

　　觀察這江西客贛語的韻攝分調，我們只能歸納出「宕江曾梗通」因為 -k 韻尾的關係，形成一種高調的趨勢，但收 -p、-t 韻尾的「咸深山臻」入聲韻字則沒有特殊的調型或調值表現，只有一種趨向可以歸納出來，就是他們比較不傾向高調的表現。收唇音的 -p 韻尾部位太偏前，對調值的影響不顯著。

　　至於收 -t 的入聲韻尾字，雖然 -t 也有偏高的特徵，但因為在入聲韻尾高調的表現上，收 -k 的入聲韻尾，其舌體抬升的是高調的首選，收 -t 的入聲韻尾字，從現有的資料看來，看不出來對聲調調值有影響。

### 4.其他語言－因韻尾脫落而影響調值的例子

　　海南省三亞市羊欄鎮的回輝話[13]，屬於南島語系印度尼西亞語族的占語支，占語支的其他語言都未有聲調，而回輝語的操持

---

13　鄭貽青：〈論回輝話聲調的形成與發展〉，《民族語文》第 3 期（1996年）。

者被移居的漢人的漢語影響下，漸漸地從無聲調的語言發展為有聲調的語言。回輝話本身有兩類不同的聲母，使它產生兩個不同的音調，同時又由於輔音尾的脫落而產生另兩類聲調。回輝話原有 -h、-t、-k 等輔音韻尾，-h 脫落後，在音節上留下一個非常高的 55 調。-t（前一階段先是 -p 尾併入 -t 尾）、-k、-ʔ 尾脫落後，遇濁塞音聲母讀高降調 43，遇非濁塞音聲母時讀中升調 24。

# 陸、結語

　　本文試圖找出漢語方言裡，影響入聲調分化的因素，除了已經為大家所熟知的聲母、韻母元音因素外，本文增加了江西贛客語 -k 尾會導致高調，以及喉塞韻尾 -ʔ 會形成降調的語料，以便釐清像漢語這樣的單音節語言，入聲聲調分化的性質與演變機制。在江西南豐客語中，我們可以看到入聲 -k 尾伴隨著高調的情況。江西南康、安遠的客語，雖然 -k 尾已經丟失，但仍可看到原來應收 -k 尾的韻字，保有高調的現象，高調的徵性並未因為 -k 尾的脫落而立即消失。喉塞韻尾 -ʔ 有使聲調變為降調的性質存在，江西于都客語的 -k 尾脫落，變為喉塞的 -ʔ 尾，使得聲調變為高降調，也是 -k 尾能導致高調的一例。

　　在漢語方言裡，有許多貌似「韻攝分調」的情形，仔細耙梳後，發現所謂的「韻攝分調」往往與塞韻尾的丟失以及丟失的速度有關，以「韻攝分調」一名來稱呼並不精確。

# 引 用 文 獻

## 一、專書

李連進，《平話音韻研究》，廣西：廣西人民出版社，2000。
辛世彪，《東南方言聲調比較研究》，上海：上海教育出版社，2004。
劉綸鑫，《客贛方言比較研究》，北京：中國社會科學出版社，1999。
鍾榮富，《當代語言學概論》，臺北：五南出版社，2006 年 7 月。

## 二、期刊

宗福邦，〈論入聲的性質〉，《音韻學研究》第一輯，北京，中華書局
　　（1984）。
鄭貽青，〈論回輝話聲調的形成與發展〉，《民族語文》第 3 期（1996）。

## 三、會後論文集

彭心怡，〈江西南昌片贛語「送氣分調」與「次清化濁」兩項音變發生順
　　序的探討〉，《中國文學之學理與應用——明清語言與文學國際學
　　術研討會論文集》，銘傳大學應用中國文學系（所）編印（2011 年
　　5 月），頁 23-40。

本文初稿曾發表於《聲韻論叢》第 18 輯，中華民國聲韻
學學會，2014 年 10 月，頁 163-180。

# 第四篇　江西客、贛語的鏈式聲母音變、小逆流推鏈與其他相關的聲母音變

## 摘　要

　　江西客、贛語可見 A：$t^h$ > h、B：$ts^h$ > $t^h$、C：$t\underaccent{}{s}^h$ > $t^h$ 的鏈式聲母音變。本文著重在江西客、贛語的聲母音變情況，除觀察 A、B、C 鏈式聲母音變外，其他與 B、C 音變相配平行的不送氣聲母的 B1、C1 音變也將一起討論。由於 A、B、C 音變導因於送氣的徵性，所以本文也會一併討論江西客、贛語裡，因送氣徵性所引起的其他聲母的相關音變。在東鄉贛語部分，我們還發現了江西贛語裡較為少見的推鏈式聲母音變。我們比對 B、C 出現的範圍後，發現 C 音變的範圍大於 B 音變，顯然在江西客贛語裡，C 比 B 更易遞補 A 音變空出的 $t^h$ 聲母位置。B 音變除了往 A 音變空出的位置遞補之外，在 i 元音之前，還有顎化音變的狀況。

　　上文提到，捲舌的 $t\underaccent{}{s}^h$ 聲母比起不捲舌的 $ts^h$ 聲母更易遞補 A 音變空出的 $t^h$ 位置，但這項音變在止攝韻前最受限，由此也可以推導出，江西客、贛語止攝的知三、章組聲母是最先去捲舌化的。

　　在舌根聲母部分，江西客、贛語因送氣徵性，有變為擦音的聲母音變現象，但又可分為兩類，一類是溪、群母都走向擦化；一類則是只有溪母走向擦化。第二類音變，是中古音前便已發生的聲母音變。在永修贛語部分，曉、匣母都有不少讀為舌根聲母 $g^h$ 的情形，我們認為是一個新創的語音變化。

**關鍵詞**：鏈式、推鏈、江西、客語、贛語

# Abstract

The chain change of initials which can be easily seen in Hakka and Gan dialects in Jiangxi. The push chain of initials is the rare phenomenon of Gan dialects in Jiangxi and this phenomenon can be seen in Dong-Xiang (東鄉). I will discuss the chain change and other related of initials and analyze those phonetic situations. I think those phonetic changes due to the aspirated initials. The retroflex initial tʂʰ is more easier than apical initial tsʰ to replace the position of tʰ.

In Yong-Xiu (永修), the Xiao (曉) and Xia (匣) are read as gʰ and I think that is a new phonetic change. I hope that I would get a real understanding of this phonetic phenomenon of shifting initials in Jiangxi through this studying.

**Keywords：** the drag chain, the push chain, Jiangxi, the Hakka dialects, the Gan dialect

# 壹、前言

　　江敏華[1]曾提到 $t^h > h$ 的音變在贛語撫廣片的黎川、南豐、宜黃出現的語音環境最廣，且這一帶也是 $ts^h > t^h$ 音變最為集中的地區，所以江敏華推測這些地區，應是 A：$t^h > h$、B：$ts^h > t^h$ 的音變起點。本文以此為出發點，觀察江西客、贛語的 A、B 聲母音變與其相關的不送氣塞音、塞擦音等聲母的音變。又由於 A、B 音變導因於送氣的徵性，所以本文也會一併討論江西客、贛語裡，因送氣所引起的其他聲母音變。

　　本論文所採用的江西客、贛語語料，以劉綸鑫的《客贛方言比較研究》[2]為主。主要討論的江西客、贛方言點有 33 個，贛語方言點佔 21 個；客語則有 12 個。這 33 個方言點的聲母狀況，請參見附錄。

## 貳、拉鏈或推鏈的爭議

### （一）西方的例子

　　一些著名的鏈式音變在定義為拉鏈或者推鏈時，往往有所爭議，因此在討論本文的 A：$t^h > h$，以及 B：$ts^h > t^h$、C：$tʂ^h > t^h$ 的聲母音變是屬於拉鏈抑或推鏈前，我們先來看西方較有名的鏈

---

[1]　江敏華：《客贛方言關係研究》（臺北：國立臺灣大學中國文學研究所博士論文，2003 年 6 月），頁 96。

[2]　劉綸鑫：《客贛方言比較研究》（北京：中國社會科學出版社，1999年）。

式音變：格林定律。

Grimm's Law can be interpreted as either a pull chain or a push chain (where t, d and dh represent all the stops of these series). If the temporal sequence where

(1) t > θ , (2) d > t, (3) dh > d,

then it would be assumed that (1) t > θ took place first, leaving the language with the three series, voiceless fricatives (f, θ , h), voiced stops (b, d, g) and voiced aspirates (bh, dh, gh), but no plain voiceless stops (no p, t, k). This would be an unnatural situation which would pull in the voiced stops to fill the gap ((2) d > t ); however, this would leave the language with voiced aspirates but no plain voiced stops, also an unnatural arrangement, and so the voiced aspirates would be pulled in to fill the slot of the plain voiced stops ((3) dh > d), making a more symmetrical system.

In the push-chain scenario, the voiced aspirates first started to move towards the plain voiced stops, a natural change towards easier articulation ((3) dh > d), but the approach of dh into the space of d forced original *d to move towards t ((2) d > t), which in turn pushed original *t out in order to maintain a distinction between these series of sounds ((1) t > θ).[3]

---

[3]　Campbell, Lyle. 2000 (Second printing). *Historical Linguistics: an*

另外一個西方著名的鏈式音變，則是英語的元音大鏈移。

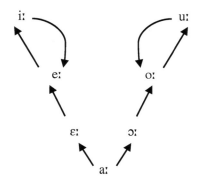

Fig. 4.3 The English Great Vowel Shift

Since the available data are rather sparse, it's not easy to decide just what did happen in this case. Some scholars have preferred to see the GVS as a drag chain, while others have argued for just the sort of push-drag combination I've just described. This issue is still being debated. The investigation of other chain shifts suggests that both pure drag chains and mixed push-drag chains are fairly common, while pure push chains are comparatively rare.[4]

---

*introduction*, First MIT press edition, 1999. Originally published in 1998 by Edinburgh University press, p47-48.

[4]　R. L. Trask. 2000. Historical Linguistics（北京：外語教學與研究出版社），頁 86-87。

　　以上是西方兩個著名的鏈式音變，格林定律被認為拉鏈、推鏈皆有可能，英語的元音大鏈式音變，也有拉鏈、推鏈或是推拉鏈混合演變的爭議，R. L. Trask 則認為純粹的推鏈音變是極其少見的。江西客、贛語發生 A 音變的聲母是中古的透、定母；發生 B 音變的聲母是中古的清、從、初（2、3 等）崇（2、3等）、澄（2 等）、徹（2 等）。C 音變則是發生在三等的昌、徹（3等）、澄（3等）與讀為塞擦音的禪母。

$$A：t^h > h$$
$$B：ts^h > t^h$$
$$C：t\underset{.}{s}^h > t^h$$

**圖一　A、B、C 音變**

　　江西客、贛語裡，A、B、C 聲母音變有一邏輯順序性，A先發生，B、C 音變接替 A 音變留下的 $t^h$ 聲母空缺，A 與 B、C表面看起來是一個因聲母送氣特性而產生的拉鏈式聲母音變。但從西方的格林定律與英語的元音大鏈式音變，我們知道鏈式音變，往往很難釐清究竟為拉鏈抑或推鏈？拉鏈或推鏈音變，都是一個音變完成後，才進行下一個音變，若沒有留下速度不一的殘存字例，說是拉鏈或推鏈皆有可能，且周遭方言因語言感染之故，產生了 B 或 C 音變，也會推動著 A 音變的產生；A 音變產生的話，也會連帶拉動 B、C 音變，所以本文稱 A、B、C 的聲母音變為鏈式音變。

## （二）江西客、贛語聲母的二分型與鏈式音變的地域分佈

### 1.贛語屬知二、莊、精與知三、章兩分的聲母類型

　　前文提到，發生 A 音變的聲母是中古的透、定母；發生 B 音變的聲母是中古的清、從、初（2、3 等）崇（2、3 等）、澄（2 等）、徹（2 等）；C 音變則是發生在三等的昌、徹（3 等）、澄（3 等）與讀為塞擦音的禪母。我們可以看到贛語的知二、莊、精組與知三、章組分為兩個陣營，其中，莊組字不分二、三等，皆與精組聲母合流。萬波藉由文獻資料（《正字通》、《中原音韻》、《韻補》、《爾雅音圖》）與方言材料，證明知二、莊與知三、章兩分類型在晚唐五代便已形成，且這樣的聲母兩分的格局，仍保留在現代贛語、客家話以及山西、山東方言裡。[5]

### 2.同時具備 A、C 或 A、B、C 的聲母鏈式音變的分佈地域

　　以下表一為 A、B、C 音變在江西客、贛語中的方言點分佈狀況，因為語音音變是會感染的，如果一地只有發生 A 音變，或只有發生 B 或 C 音變的，只能說聲母受到周遭附近方言的語音影響，而有聲母上的音變，而沒有連續的聲母鏈式音變，只有同時具備 A、B 或 A、C 或 A、B、C 音變的方言才能稱之為鏈式音變。從表一看來，高安到泰和這九個贛語方言點，都有鏈式聲母音變，奉新、萬載、蓮花等三地贛語的雖有出現 B、C，或者 C，或者 A 的音變，但都只能算是被鄰近方言感染的聲母音

---

5　萬波：〈贛語古知莊章精組聲母的今讀類型與歷史層次〉，《中國文化研究所學報》No.51（2010 年 7 月），頁 327-333。

變。澡溪客語也是如此，只出現 C 音變，屬個別的聲母音變現象，是否會因為這樣被鄰近方言感染的聲母音變，造成自身聲母音系的序列調整或是其他連動的聲母音變，則是未來可以觀察的重點。

**表一　A、B、C 音變在江西客、贛語中的方言點分佈狀況，**
**　　　○代表有此類的音變現象**

| | A：$t^h > h$ | B：$ts^h > t^h$ | C：$tʂ^h > t^h$ | 音變類型 |
|---|---|---|---|---|
| 高安（贛） | ○ | | ○ | 鏈式聲母音變 |
| 上高（贛） | ○ | | ○ | |
| 新余（贛） | ○ | | ○ | |
| 臨川（贛） | ○ | | ○ | |
| 永豐（贛） | ○ | | ○ | |
| 南豐（贛） | ○ | ○ | ○ | |
| 宜黃（贛） | ○ | ○ | ○ | |
| 黎川（贛） | ○ | ○ | ○ | |
| 泰和（贛） | ○ | ○ | ○ | |
| 奉新（贛） | | ○ | ○ | 非屬鏈式聲母音變 |
| 萬載（贛） | | | ○ | |
| 蓮花（贛） | ○ | | | |
| 澡溪（客） | | | ○ | |

在表一我們也可以觀察到，高安到泰和這九個發生鏈式聲母音變贛語方言點，有些只發生 C 音變，有些則同時發生 B、C 音變，但並沒有一個贛語點只發生 B 而沒有 C 的，由此我們也可以發現，起點為捲舌聲母的 C 音變比 B 音變來得更容易發生，也就是說送氣塞擦音要塞化去遞補 $t^h$ 聲母的位置時，第一

選擇是捲舌的送氣塞擦音 tʂʰ，而非舌尖前的送氣塞擦音 tsʰ，C
音變往往蘊含著 B 音變，B 卻不能反過來蘊含 C。我們也可以
認為，B 音變很可能就是受 C 音變影響才產生的。

　　捲舌音 tʂʰ 本身就具備 tʰ 的語音質素，捲舌音又名舌尖後
音，其發音的方式就是以舌尖後部去接觸硬顎的前部，硬顎部位
再往前一點，就是舌尖，換句話說，捲舌音阻塞的部位與舌尖音
相當接近，若是在發捲舌音時，前半部分的塞音部分發的時長再
長一些，導致後半部氣流的摩擦現象不明顯，即捲舌擦音的性質
無法辨認，那麼在聽感上就會接近舌尖塞音。我們從 C 的範圍
大於 B 音變可以推斷，捲舌聲母 tʂʰ，比起舌尖前的 tsʰ 聲母，更
容易發生送氣塞化音變。

## 參、東鄉贛語的小逆流推鏈與相關的聲母音變

### （一）江西贛語其他區的相關聲母音變
### 　　　——南昌片修水贛語

　　南昌片贛語，除了南昌外，聲母發生了送氣聲母濁化的音
變：捲舌聲母 tʂʰ 變為同部位濁擦音 dʐ（其他南昌片贛語）、dʐʰ
（永修）的音變；透、定母部份，則有 tʰ > d（其他南昌片贛
語）、dʰ（永修）的音變。清、從、徹（2 等）、澄（2 等）、
初、崇（2 等）母部份則有 tsʰ > dz（其他南昌片贛語）、dzʰ
（永修）的音變。簡言之，南昌片贛語除了南昌外，送氣聲母濁
化的規律是，其他南昌片贛語濁化變為不送氣濁音，南昌片的永
修則濁化變為送氣濁音。

表二　南昌片贛語在端、精、章系聲母裡送氣聲母濁化的狀況

| 南昌片贛語 | 透、定 | 清、從、徹（2等）、澄（2等）、初、崇（2等） | 昌、徹、澄（3等）、禪 |
|---|---|---|---|
| 湖口 | t$^h$ > d | ts$^h$ > dz | tʂ$^h$ > dʐ |
| 星子 | | | |
| 永修 | t$^h$ > d$^h$ | ts$^h$ > dz$^h$ | tʂ$^h$ > dʐ$^h$ |
| 修水 | t$^h$ > d | ts$^h$ > dz、dʑ（在 i 元音之前） | tʂ$^h$ > dz ＞ d |

　　修水這幾類聲母也有送氣濁化的表現，較不同的是，修水三等的昌、徹、澄與禪母（塞擦音）的部份，今讀為 dz 聲母。在修水，清、從、徹（2 等）、澄（2 等）、初、崇（2 等）等送氣聲母會濁化為同部位的 dz 聲母，而 dz 聲母在 i 元音之前則顎化變為舌面塞擦音，讀為 dʑ 聲母（如：淺 dʑien4、親 dʑin2、齊 dʑi3、全 dʑien3、集 dʑit9）。修水的昌、徹、澄（3 等）、禪（塞擦音）等聲母，有讀為 dz 聲母的字例（茶 dza3、助 dzŋ7、柴 dzai3、粗 dzŋ2、餐 dzan2），除了 dz 聲母外，昌、徹 3、澄 3、禪（塞擦音）母字裡，我們還可以看到讀為 d 的字例（除 du3、蟲 dəŋ3、住 du7、超 dau2）。也就是說，修水的捲舌送氣聲母不僅有濁化的音變，也有塞化的音變，音變的過程如圖二：

tʂ$^h$　　＞　　(ts$^h$)　　＞　　dz

tʂ$^h$　　＞　　(dz)　　⟶　　dz
　　　　　　　　　　　　　　　　　　d

tʂ$^h$　　＞　　(t$^h$)　　＞　　d

**圖二：修水昌、徹、澄（3 等）、禪（塞擦音）等聲母的音變**

　　修水的昌、徹、澄（3 等）、禪（塞擦音）等聲母，絕不會發生前化為 dʑ 聲母後，再塞化為 d 聲母的音變（dʑ > d），否則這些讀為濁塞音的 d 聲母，將會看到原先也讀為 dʑ 的清、從、徹（2 等）、澄（2 等）、初、崇（2 等）等聲母。

　　修水的聲母，以下的音變推測皆有可能。昌、徹、澄（3 等）、禪（塞擦音）先經過清化步驟變為 tʂʰ，再與清、從、徹（2 等）、澄（2 等）、初、崇（2 等）等聲母合流為 dʑ。修水的昌、徹、澄（3 等）、禪（塞擦音）等聲母也可能在濁化變成 dʑ 後，部位前移而與清、從、徹（2 等）、澄（2 等）、初、崇（2 等）等聲母的 dʑ 合流，或者直接由捲舌、濁的 dʑ 塞化為 d 聲母。也或者修水的昌、徹、澄（3 等）、禪（塞擦音）等送氣聲母，塞化為 d 聲母之前，有一個清聲母 tʰ 的中間階段。總之，在修水贛語裡，dʑ > d 的音變不會發生。

　　修水的昌、徹、澄（3 等）、禪（塞擦音）等聲母，受 C 影響產生塞化音變，但剝去濁化的外衣，修水的聲母音變仍不屬於鏈式聲母音變，因為修水贛語缺乏了像 A 那樣變為擦音的後續音變。

　　南昌片贛語在端、精、章系聲母裡送氣聲母濁化的現象，以及修水的贛語的聲母塞化音變，並不屬於本文主要論及的鏈式聲母音變，但我們認為就是因為江西贛語有大量的 B、C 塞化音變，修水贛語被影響，才能在聲母部分也見到其塞化音變的現象（tʂʰ > d），因此，本文將南昌片贛語聲母濁化、塞化的音變一併論及。

## （二）小逆流：東鄉贛語的推鏈式聲母音變

　　東鄉贛語則有聲母推鏈式音變的特色。東鄉贛語發生了 A、C 音變。且在昌、徹 3、澄 3 母字裡，我們同時可看到讀為 tʰ、h 的聲母，這是在其他江西客贛語裡看不到的狀況，顯見 C 音變是先於 A 發生的，且還未擴及到全部的昌、徹 3、澄 3、禪母時，又發生了 A 音變，所以我們在昌、徹 3、澄 3 等聲母裡，才能看到因演變速度不一，而同時有讀為 tʰ、h 聲母的狀況，可見得東鄉贛語的 A、C 音變為推鏈式聲母音變。另外，東鄉贛語的 A 音變，除發生在昌、徹 3、澄 3、禪母外，在透、定聲母上也可以看見。

### 表三　東鄉昌、徹（3 等）、澄（3 等）禪（塞擦音）聲母變為 tʰ 的音變

|  | 超 | 抽 | 廚 | 成~功 | 齒 | 吹 | 出 |
|---|---|---|---|---|---|---|---|
| 東鄉 | tʰɛu1 | tʰiu1 | tʰu2 | tʰin2 | tʰɛ3 | tʰi1 | tʰət6 |

### 表四　東鄉昌、徹（3 等）、澄（3 等）聲母變為 h 的音變

|  | 扯 | 昌 | 傳宣~ | 丈 | 穿 | 尺 | 唱 |
|---|---|---|---|---|---|---|---|
| 東鄉 | ha1 | hɔŋ1 | hon2 | hɔŋ5 | hon1 | haʔ6 | hɔŋ4 |

### 表五　東鄉透、定聲母變為 h 的音變

|  | 推 | 腿 | 透 | 塔 | 托 | 待 | 團 | 堂 |
|---|---|---|---|---|---|---|---|---|
| 東鄉 | hoi1 | hoi3 | hɛu4 | hap6 | hot6 | hoi5 | hon2 | hɔŋ2 |

　　前文提及，R. L. Trask [6]認為純粹的推鏈式音變是極其少見

---

[6]　R. L. Trask. 2000. Historical Linguistics（北京：外語教學與研究出版社），頁 86-87。

的。這個東鄉贛語能較明確地指出為推鏈式聲母音變，是受到周遭方言的 C 音變的感染，然後才又發生 A 音變。若無區域影響因素，江西贛語要產生純粹的推鏈式聲母音變恐有難度。

## 肆、江西客、贛語鏈式聲母音變的類別與例字

我們來檢視 A、B、C 聲母音變在江西客、贛語所涉及的中古聲母類別與例字。

### （一）A 音變

以下舉例透、定母變為 h 擦音的 A 音變。

表六　江西贛語裡的 A 音變：透、定母變為 h 擦音（$t^h > h$）[7]

|  | 拖 | 推 | 吞 | 偷 | 頭 | 停 | 定 | 音變 |
|---|---|---|---|---|---|---|---|---|
| 高安 | ho1 | hoi1 / $t^h$ui1 | hɛn1 | hɛu1 | hɛu2 |  |  | A：$t^h > h$ |
| 上高 |  | hoi1 | hɛn1 | hæu1 / $t^h$æu1 | hæu2 / $t^h$æu2 |  |  |  |
| 新余 |  |  | hɛn2 | hɛu1 / $t^h$ɛu2 |  |  |  |  |
| 臨川 | ho1 |  | hɛn1 | hɛu1 | hɛu2 |  |  |  |

---

[7] 在表六中，若有斜槓（ / ）則表示，這個字在該方言點有兩種以上讀法，本文先列出與討論音變最相關的讀法，次列它種讀法。如：高安的「推」；上高的「偷」、「頭」以及新余的「偷」都有 $t^h$、h 兩類聲母的讀法。另外表六中有不少的空格，代表著這個字在該方言點並無本文所要觀察的音變現象，下文的表格若出現空格，所顯示的意義皆相同，不再另做說明。

| 南豐 | ho1 |  | hɛn1 | hiɛu1 | hiɛu3 | hiŋ3 | hiaŋ5 |
| 宜黃 | ho1 | hei1 | hən1 | hiɛu1 | hiɛu2 |  |  |
| 黎川 | ho1 | hoi1 | hɛn1 | hɛu1 | hɛu2 | hiŋ2 | hiŋ5 |
| 蓮花 | ho1 |  | hẽ1 | hœ1 | hœ2 |  |  |
| 永豐 | ho1 |  |  | hiɑ1 | hiɑ2 |  |  |
| 泰和 |  | hui1 | huĩ2 | hiɤ1 | hiɤ2 | hĩ2 | hĩ4 |

## （二）B、C 音變

以下舉例清、從、初、崇、澄、徹與昌、徹、澄、禪（塞擦音）聲母，變為送氣舌尖塞音的 B、C 音變。

### 表七　江西贛語裡的 B 音變：清、從、初（2、3 等）、崇（2、3 等）、澄（2 等）、徹（2 等）的音變（tsʰ > tʰ）

|  | 粗 | 茶 | 助 | 查 | 拆 | 坐 | 察 | 瘡 | 音變 |
|---|---|---|---|---|---|---|---|---|---|
| 奉新 | tʰu1 | tʰa2 | tʰu5 | tʰa2 | tʰaʔ6 | tʰo5 | tʰat6 | tʰɔŋ2 |  |
| 南豐 | tʰu1 | tʰa3 | tʰu5 | tʰa3 | tʰak7 | tʰo1 | tʰal6 | tʰɔŋ1 | B：tsʰ > tʰ |
| 宜黃 | tʰu1 | tʰa2 | tʰu5 | tʰa2 | tʰaʔ6 | tʰo1 | tʰat6 | tʰɔŋ1 |  |
| 黎川 | tʰu1 | tʰa2 | tʰu5 | tʰa2 | tʰaʔ6 | tʰo1 | tʰai?6 | tʰɔŋ1 |  |
| 泰和 | tʰu1 | tʰa2 | tʰy4 | tʰa2 | tʰa1 | tʰɤ4 | tʰa1 |  |  |

### 表八　江西客贛語裡的 C 音變：昌、徹（3 等）、澄（3 等）、禪（塞擦音）的音變（tʂʰ > tʰ）

|  | 扯 | 昌 | 超 | 抽 | 廚 | 齒 | 成~功 | 音變 |
|---|---|---|---|---|---|---|---|---|
| 高安 | tʰa1 | tʰɔŋ1 | tʰɛu1 | tʰɛu1 | tʰø2 | tʰø3 | tʰøn2 | C：tʂʰ > tʰ |
| 奉新 | tʰɛ1 | tʰɔŋ1 | tʰʌu1 | tʰu1 | tʰu2 | tʰiə3 | tʰən2 |  |
| 上高 | tʰa1 | tʰɔŋ1 | tʰæu1 | tʰiu1 | tʰu2 | tʰə3 | tʰən2 |  |

| | | | | | | | |
|---|---|---|---|---|---|---|---|
| 萬載 | tʰa1 | tʰɔŋ1 | tʰeu1 | | tʰu2 | | | |
| 新余 | tʰa2 | tʰɔŋ1 | tʰɛu2 | tʰɯu2 | | | tʰɯn3 | |
| 臨川 | tʰa1 | tʰɔŋ1 | tʰɛu1 | tʰiu1 | tʰu2 | tʰi3 | | |
| 南豐 | tʰa1 | tʰɔŋ1 | tʰɛu1 | | | | | |
| 宜黃 | tʰa1 | tʰɔŋ1 | tʰau1 | | tʰu2 | | | |
| 黎川 | tʰa1 | tʰɔŋ1 | tʰau1 | | | | | |
| 永豐 | tʰa1 | tʰɔŋ1 | tʰia1 | tʰiɤ1 | | | | |
| 泰和 | tʰa1 | tʰɔ̃1 | tʰɔ1 | tʰiu1 | tʰy2 | | tʰẽ2 | |
| 澡溪 | tʰa1 | tʰɔŋ1 | tʰau1 | tʰu1 | tʰu2 | tʰə3 | tʰən2 | |

# 伍、因鏈式聲母音變而帶動的平行聲母音變

## （一）B1：ts > t —— B 音變帶動相配的不送氣聲母進行塞化音變

　　江西贛語臨川片的南豐與宜黃，具備 A、B、C 等聲母鏈式音變，除此之外，南豐與宜黃贛語在精、莊（2、3 等）、知（2等）聲母上，還發生了與 tsʰ > tʰ 相對的 B1：ts > t 音變。B1 的音變是基於漢語聲母系統裡塞音、塞擦音「送氣－不送氣」為一級配列的關係。當 tsʰ 的位置鬆動時，與 tsʰ 相配的 ts 就可能發生相對的塞化音變。我們也可以發現，發生 B 音變（tsʰ > tʰ）的方言點有贛語的奉新、南豐、宜黃、黎川、泰和，而發生相對 B1 音變的贛語方言點卻只有南豐、宜黃。

　　在江西贛語裡，發生 B1 音變的方言點，數量遠少於發生 B 音變的方言點，我們可以徑直地認為 B1 是由 B 音變影響下所帶動的平行聲母音變，也就是說，B 音變並非是由 B1 所引起的，

B 音變早於 B1 音變。從 B、B1 相配的聲母音變，我們看到送氣類的聲母，可帶動其相配不送氣聲母發生相對平行的聲母音變。

表九　南豐、宜黃的 B1 音變：<br/>精、莊（2、3 等）、知（2 等）的音變（ts > t）

| | 租 | 做 | 尊 | 宗 | 捉<br/>莊2 | 裝<br/>莊3 | 壯<br/>莊3 | 罩<br/>知2 |
|---|---|---|---|---|---|---|---|---|
| 南豐 | tu1 | to5 | tun1 | tuŋ1 | tok7 | toŋ1 | toŋ5 | tau5 |
| 宜黃 | tu1 | to4 | tən1 | toŋ1 | toʔ6 | toŋ1 | toŋ4 | tau4 |

## （二）顎化音變與塞化音變的相互拉扯，導致 ts、tsʰ 聲母的音位分化

南豐贛語在精、莊、邪（3 等塞擦音）系的聲母音讀上，我們看到這些聲母在細音前多讀為 tɕ、tɕʰ 聲母，如：「醉 tɕy5」、「酒 tɕiu3」、「尖 tɕiam1」、「娶 tɕʰy4」、「賤 tɕʰiɛn5」、「斜 tɕʰia3」。原本 tɕ、tɕʰ 只是 ts、tsʰ 聲母在 i、y 介音之前的音位變體，因為其介音 i、y 的顎音性質而讀成舌面的 tɕ、tɕʰ，但因為送氣徵性所引發的一連串音變，原本屬同一音位的聲母，因此演變成了不同的聲母。

$$ts^{(h)8} \begin{cases} t\varphi^{(h)} & / \underline{\quad} i \cdot y \text{ 介音之前} \\ ts^{(h)} & > t^{(h)} \end{cases}$$

$$ts^{(h)} \rightarrow \begin{cases} t^{(h)} & / \underline{\quad} \text{ 其他韻母前} \\ t\varphi^{(h)} & / \underline{\quad} i \cdot y \text{ 元音前} \end{cases}$$

①塞化規律　⟺　②顎化規律

**圖三　南豐贛語精、莊組聲母的音位分化**

　　也就是說，南豐贛語精、莊、邪（3 等塞擦音）系的聲母有兩個演變方向，方向一為塞化音變（$ts^h > t^h$；$ts > t$）；方向二則是 i、y 介音之前的顎化音變（$ts^h > t\varphi^h$；$ts > t\varphi$），原本一套的聲母，因為塞化、顎化音變規律的影響，進而分為兩套。

## （三）C1：$t\underset{.}{s} > t$ —— C 音變帶動相配的不送氣聲母進行塞化音變

　　在這些發生 C1 音變的方言點裡，有鏈式聲母音變的為：臨川片的南豐、宜黃與吉安片的泰和贛語（A、B、C 音變）；以及宜春片的高安、上高、新余與臨川片的臨川以及吉安片的永豐贛語（A、C 音變）。

　　有些方言點並未發生鏈式聲母音變，但因為受周遭方言影響產生了 C 音變，因此也促成了 C1 音變的產生，這些方言點計有宜春片的奉新、萬載贛語與江西澡溪的客語。

---

8　$ts^{(h)}$ 指的是 ts 與 $ts^h$，這是作者為減省語音的表達方式。同理，$t\varphi^{(h)}$ 指的是 $t\varphi$ 與 $t\varphi^h$；$t^{(h)}$ 指的是 t 與 $t^h$。

　　大抵而言，江西發生 C 音變的客、贛語方言點，幾乎都發生了相對的 C1 音變，除黎川贛語有 C 而無 C1 除外，如表十所示。

　　相比因 B 音變而引起的相對不送氣聲母塞化的 B1 音變，C 音變拉扯其相配平行不送氣聲母塞化的力量更大，當然其背後原因也可能包括 C 音變比 B 音變更易發生，音變範圍更廣。

**表十　B、C、B1、C1 音變在江西客、贛語中的方言點分佈狀況，○代表有此類的音變現象**

| | B：$ts^h > t^h$ | B1：$ts > t$ | C：$t\underset{\cdot}{s}^h > t^h$ | C1：$t\underset{\cdot}{s} > t$ | 音變類型 |
|---|---|---|---|---|---|
| 高安（贛） | | | ○ | ○ | 具備鏈式聲母音變的方言點 |
| 上高（贛） | | | ○ | ○ | |
| 新余（贛） | | | ○ | ○ | |
| 臨川（贛） | | | ○ | ○ | |
| 永豐（贛） | | | ○ | ○ | |
| 南豐（贛） | ○ | ○ | ○ | ○ | |
| 宜黃（贛） | ○ | ○ | ○ | ○ | |
| 泰和（贛） | ○ | | ○ | ○ | |
| 黎川（贛） | ○ | | ○ | | |
| 奉新（贛） | ○ | | ○ | ○ | 非屬鏈式聲母音變的方言點 |
| 萬載（贛） | | | ○ | ○ | |
| 澡溪（客） | | | ○ | ○ | |

表十一　江西客、贛語知 3、章系聲母 C1 音變的例字

| | 章 | 掌 | 著穿~<br>知 3 | 中~間<br>知 3 | 主 | 紙 |
|---|---|---|---|---|---|---|
| 高安 | tɔŋ1 | tɔŋ3 | toʔ6 | tuŋ1 | tø3 | tø3 |
| 奉新 | tɔŋ1 | tɔŋ3 | toʔ6 | toŋ1 | tu3 | tiə3 |
| 上高 | tɔn1 | tɔn3 | tɔʔ5 | təŋ1 | tu3 | tə3 |
| 萬載 | tɔŋ1 | tɔŋ3 | toʔ5 | tuŋ1 | tu3 | |
| 新余 | tɔŋ1 | tɔŋ4 | toʔ6 | tuŋ1 | | ti4 |
| 臨川 | tɔŋ1 | tɔŋ3 | tok6 | tuŋ1 | tu3 | ti3 |
| 南豐 | tɔŋ1 | tɔŋ4 | tɔk7 | tuŋ1 | | |
| 宜黃 | tɔŋ1 | tɔŋ3 | toʔ6 | toŋ1 | tu3 | |
| 永豐 | tɔŋ1 | tɔŋ3 | toʔ5 | təŋ1 | | |
| 泰和 | tõ1 | tõ3 | tio1 | | ty3 | |
| 澡溪 | tɔŋ1 | tɔŋ3 | tɔk5 | təŋ1 | tu3 | tə3 |

我們同時也可以觀察到，南豐、宜黃贛語，同時具有 A、B、C 鏈式聲母音變，且 B、C 音變還連帶引起相對不送氣聲母產生 B1、C1 音變的方言點。

# 陸、知三、章系聲母的狀況

## （一）知三、章系聲母的各個音變階段

萬波將贛語的知三、章組聲母依音值分為以下四種類型。

1.今讀 tɕ、tɕʰ 或 tʃ、tʃʰ。屬於這種類型的如余干、宜春、平江、陽新、通山、蒲圻、通城等方言。

2.今讀 tʂ、tʂʰ 或 ts、tsʰ。屬於這種類型的如都昌、萍鄉、建寧、大冶、嘉魚、豐城、廣昌等方言。

3.今讀 t、tʰ，與端透定母合流。這種類型在贛語中分佈較廣，屬於這種類型的如撫州、臨川、崇仁、樂安、南城、資溪、金溪、東鄉、進賢、南豐、安義、永修、修水、德安、星子、高安、上高、奉新、靖安、武寧、吉安、吉水、安福、新淦、峽江、永新等方言。

4.今讀 k、kʰ，與見溪群合流。屬於這種類型的有醴陵、平江、瀏陽等方言。[9]

萬波論及的這四種贛語的知三、章組聲母類型，依時間演變順序演變，最早為第 1 組，第 3、4 組則都是第 2 組的後續變化。第 1 組被認為最早是因為還保留了三等的 i、y 介音，第 2 組則因捲舌運動，消耗掉了 i、y 介音，讀為捲舌的 tʂ、tʂʰ，而第 2 組的 ts、tsʰ 則是捲舌聲母 tʂ、tʂʰ 聲母去捲化的結果，這裡萬波把捲舌聲母 tʂ、tʂʰ 與去捲化的 ts、tsʰ 聲母都歸作第 2 組。第 3 組的知三、章組聲母讀為塞音（C、C1 音變），則是贛語知三、章組音讀的主流。第 4 組的舌根聲母讀法則是捲舌聲母因後接了圓唇元音產生的進一步音變，後文也會論及。

江西客、贛語裡知三、章聲母音讀類型多樣，我們還可以從中觀察到章系聲母保留《切韻》舌面聲母的音讀層（第 1 組），並由舌面音聲母走向捲舌化的過程（第 2 組），也可以看到捲舌

---

9　萬波：〈贛語古知莊章精組聲母的今讀類型與歷史層次〉，《中國文化研究所學報》No.51（2010 年 7 月），頁 341。

聲母去捲舌化（第 2 組）、變為塞音（第 3 組）與舌根音（第 4 組）等的後續音變。

比如蓮花的「主」與南昌的「臭」、「畫」等字，我們能觀察到知三、章讀為舌面音且搭配細音（i、y）的階段（第 1 組），銅鼓的知三、章組聲母則是已經捲舌化，消耗掉細音 i（第 2 組）。

于都的知三、章聲母有可接 i 介音的舌葉聲母 tʃ、tʃʰ（第 1 組），以及消耗掉 i 介音的舌葉 tʃ 聲母（第 2 組）。我們認為接了 i 介音的 tʃ 類舌葉聲母是知三、章組聲母，由舌面音變為捲舌聲母的中間階段，當然舌面音也可以不經過舌葉音聲母階段，便直接地捲舌化，由萬波所分第 1 組的 tɕ、tɕʰ 徑直變為第 2 組的 tʂ、tʂʰ。我們將知三、章組聲母，讀為舌葉音且接 i、y 介音的認為是第 1 組；而知三、章組聲母，讀為舌葉音卻消耗掉 i、y 介音的，認為是第 2 組。

另外，于都讀為不接 i 介音的舌葉 tʃ 聲母（第 2 組），則是捲舌聲母 tʂ 進行去捲化，變為 ts 聲母的前一個階段，當然捲舌聲母也可以不經過舌葉音聲母階段，便直接地去捲舌化。

蓮花的「臭」、「畫」與南昌的「主」等字，則經歷了 tʂ⁽ʰ⁾ > ts⁽ʰ⁾[10]的去捲化音變（第 2 組），故不接 i 介音。高安的知三、章聲母則是發生了 C 音變與相對的 C1 音變（第 3 組）。

---

**10**　tʂ⁽ʰ⁾ 指的是 tʂ 與 tʂʰ；ts⁽ʰ⁾ 指的是 ts 與 tsʰ。

表十二　江西客、贛語知三、章組聲母讀舌面、捲舌、
舌葉與去捲化聲母

| | 南昌 | 蓮花 | 于都 | 銅鼓 | 高安 |
|---|---|---|---|---|---|
| 主 | tsɿ4 | tɕy3 | tʃu3 | tʂu3 | tø3 |
| 臭 | tɕʰiu4 | tsʰœ5 | tʃʰiu4 | tʂʰu4 | tʰɛu4 |
| 晝知3 | tɕiu1 | tsœ5 | tʃiu4 | tʂu4 | tɛu4 |

## （二）止攝字最先去捲化

　　檢視江西客、贛語知三、章組讀為舌尖塞音的方言點，在止攝開口三等這一個韻母裡，缺席的情況最為明顯。表十三的高安、上高、澡溪、東鄉、萬載、南豐、宜黃，知三、章組都進行了舌尖聲母的 C、C1 塞化音變。

　　從表十三可以看到，止攝開口三等字裡，有不少方言點（澡溪、東鄉、萬載、南豐、宜黃）的止攝知三、章組聲母讀為舌尖前清塞擦音 ts 與 tsʰ（灰色區塊處），可見得這些方言點的止攝知三、章組字，部分字未走上 C、C1 塞化音變，就直接去捲舌化變為舌尖前的 ts 與 tsʰ 聲母。江西客贛語裡，知三、章組字舌尖塞音的讀法，在止攝開口三等裡並未如此普遍。也就是說，知三、章組字塞化讀為舌尖塞音的讀法，在止攝開口三等裡最受限制。從上文的表一我們知道，捲舌類的 tʂʰ 聲母（C 音變：tʂʰ > tʰ）比起不捲的 tsʰ（B 音變：tsʰ > tʰ）來得更易容易塞化。在止攝裡，我們看到不捲的 ts 與 tsʰ 例字比例，來得比其他韻母多。這就表示在江西客、贛語裡，處於單韻母音節的止攝知三、章聲母，較其他韻母的知三、章聲母來說，是較先去捲舌化的。

### 表十三　江西客贛語止攝字去捲化的狀況

| 止攝 | 遮 | 紙 | 齒 | 支 | 智 |
|---|---|---|---|---|---|
| 高安 | ta1 | tø3 | tʰø3 | tø1 | tø4 |
| 上高 | ta1 | tə3 | tʰə3 | tə1 | tə2 |
| 澡溪 | ta1 | tə3 | tʰə3 | tə1 | tsɿ4 |
| 東鄉[11] | ta1 | tɛ3 | tʰɛ3 | tsɿ | tsɿ |
| 萬載 | ta1 | tsɿ3 | tsʰɿ3 | tsɿ1 | tsɿ2 |
| 南豐 | ta1 | tsə4 | tsʰə4 | tsə1 | tsə5 |
| 宜黃 | ta1 | tsɿ3 | | tsɿ1 | tsɿ4 |

## （三）知三、章組聲母兼有變為舌根塞音的現象
### ——樂平、永豐

　　江西的波陽片的樂平贛語的昌、徹（3 等）、澄（3 等）聲母，有去捲化變為 tsʰ（第 2 組）與變為舌根音 kʰ（第 4 組）的兩種音變走向，相配的不送氣聲母也有變成 ts、k 聲母的情形。江西吉安片的永豐贛語的昌、徹（3 等）、澄（3 等）聲母，則有送氣塞化變為 tʰ（第 3 組）與變為舌根 kʰ 聲母（第 4 組）的狀況，而相配的不送氣聲母也有變成 t、k 聲母的情形。樂平、永豐贛語與章母相配的擦音書、船、禪母也有讀為去捲化 s 與舌根 h 聲母的情況。樂平、永豐贛語變為舌根聲母的動力在聲母後接的圓唇元音 u。若 u 在主要元音的位置，u 傾向不消失；若在介音的位置，u 傾向消失。

---

[11]　東鄉「支、智」兩字的聲調缺漏，為引文原本的疏失。

表十四　樂平、永豐贛語的昌、徹（3等）、澄（3等）聲母的
音變現象（tʂʰ > tsʰ、kʰ；tʂʰ > tʰ、kʰ）

| | 扯 昌 | 昌 昌 | 出 昌 | 抽 徹3 | 傳宣~ 澄3 | 吹 昌 | 廚 澄3 | 柱 澄3 | 聲母 音變 |
|---|---|---|---|---|---|---|---|---|---|
| 樂平 | tsʰa3 | tsʰɔŋ1 | kʰəʔ6 | kʰʉ1 | kʰiɛn2 | kʰʉ1 | kʰʉ2 | kʰʉ5 | tʂʰ > tsʰ tʂʰ > kʰ |
| 永豐 | tʰa3 | tʰɔŋ1 | tʰuɪʔ5 | tʰiɤ1 | tʰoã2 | kʰʉ1 | kʰʉ2 | kʰʉ4 | tʂʰ > tʰ tʂʰ > kʰ |

表十五　樂平、永豐贛語的章、知（3等）聲母的音變現象
（tʂ > ts、k；tʂ > t、k）

| | 章 | 掌 | 准 | 轉~身 | 主 | 豬 知3 | 聲母音變 |
|---|---|---|---|---|---|---|---|
| 樂平 | tsɔŋ1 | tsɔŋ3 | kən3 | kiɛn3 | kʉ3 | kʉ1 | tʂ > ts tʂ > k |
| 永豐 | tɔŋ1 | tɔŋ3 | tuĩ3 | toã3 | kʉ3 | kʉ1 | tʂ > t tʂ > k |

表十六　樂平、永豐贛語書、船（擦音）、禪（擦音）聲母的
音變現象（ʂ > s、h）

| | 稅（書） | 水（書） | 薯（禪） | 樹（禪） | 熟（禪） | 順（船） | 聲母音變 |
|---|---|---|---|---|---|---|---|
| 樂平 | hʉ4 | hʉ3 | hʉ2 | hʉ5 | suʔ6 | | ʂ > s ʂ > h |
| 永豐 | hʉ2 | hʉ3 | hʉ2 | hʉ4 | su4 | suĩ4 | |

　　萬波指出「贛語部分古知三、章組聲母今讀 k、kʰ 的現象多
出現在湘贛邊界的方言裡，如醴陵、平江、瀏陽南鄉等」[12]不過

---

[12]　萬波：〈贛語古知莊章精組聲母的今讀類型與歷史層次〉，《中國文化
研究所學報》No.51（2010 年 7 月），頁 349。

上文的樂平位在贛東北，永豐位於贛中，不符合萬波指稱的湘、贛邊界。另外，何大安稱贛語這些讀為 k 系聲母的知三、章組字由 tʂ　tʂʰ　ʂ > k　kʰ　h / ＿ y 為「規律逆轉」[13]。這些贛語知三、章組聲母讀為 k、kʰ、h 條件為古合口三等，萬波所引的贛語許多例字都有 y 介音或 y 元音，但樂平、永豐的音變條件為 u 元音，其與 y 元音共同的語音質素為圓唇性質。樂平、永豐贛語，因圓唇性質的 u 元音發音位置偏後，連帶地將捲舌的舌尖後 tʂ、tʂʰ、ʂ 聲母往後拉，因而知三、章組的部分聲母變成了舌根塞音的 k、kʰ、h 聲母。

　　總而言之，在樂平贛語裡，知三、章組聲母，同時有去捲化以及後化為舌根聲母的兩個音變規則在做拉扯；而在永豐贛語，知三、章組聲母，則同時有塞化以及後化為舌根聲母的兩個音變規則在做拉扯。

## （四）知三、章組的擦音與相配塞擦音在演變速度上的不一致

　　江西客、贛語在擦音的部分，書、船（擦音）、禪（擦音）母，除了有舌面 ɕ 聲母（第 1 組）讀法外，也有舌葉 ʃ 聲母的讀法。于都在知三、章母塞擦音部分的舌葉聲母，仍可搭配 i 介音，如：「晝 tʃiu4」、「臭 tʃʰiu4」（第 1 組），但在擦音部分的舌葉音卻不搭配 i 介音（第 2 組），推測為去捲化變為 s 聲母的前一階段。這也顯示了江西客、贛語其擦音與其相配塞擦音，

---

[13]　何大安：《規律與方向：變遷中的音韻結構》（臺北：中央研究院歷史研究所，1988 年），頁 51。

在演變速度上的不一致。

　　由舌面擦音 ɕ 走向捲舌化 ʂ 後，還有去捲化變為 s 聲母的，也有唇化變為 f 聲母與後化變為 h 聲母的。書、船（擦音）、禪（擦音）母變成 f、h 聲母的音變動力為具有唇音性質與偏後性質的 u 元音。江西澡溪客語的知三、章系聲母，多塞化為 tʰ、t 聲母，但其擦音仍保持捲舌 ʂ 的讀法，更顯示了其擦音與其原相配塞擦音的不一致。澡溪客語的捲舌聲母 ʂ 可搭配 i 介音，推測在記音上應有所錯誤，其實際音值應近似於捲舌音感的舌葉 ʃ 聲母。

**表十七　江西客贛語書、船（擦音）、禪（擦音）聲母的音變現象**
（ɕ(i) > ʃ(i) > ʂ > ʃ > f、h、s）

| | 順（船） | 稅（書） | 水（書） | 薯（禪） | 樹（禪） | 熟（禪） | 音讀類型 |
|---|---|---|---|---|---|---|---|
| 星子 | ʂən6 | fi4 | ʂui3 | ʂu2 | ʂu6 | ʂu6 | |
| 永修 | ʂen7 | fi5 | fi4 | ʂu3 | ʂu7 | ʂuʔ10 | ʂ、f |
| 修水 | sən7 | fi5 | fi4 | su3 | su7 | suʔ9 | |
| 高安 | høn5 | hø4 | hø3 | hø2 | hø5 | suʔ7 / hø5 | s、h |
| 萬載 | sɪn4 | suĕi2 | suĕi3 | su2 | su4 | huʔ6 | |
| 于都 | ʃuẽ5 | soɛ4 | sui3 | ʃe3 | ʃu5 | ʃuʔ6 | s、ʃ |
| 澡溪 | ʂən4 | ʂi4 / ʂɔi4 | ʂi3 / ɕi3 | ʂu2 | ʂu4 | ʂuk6 | ʂ、ɕ |
| 上高 | sən4 | ɕi2 | fi3 | su↗ | su4 | suʔ5 | s、f、ɕ |

# 柒、牙喉音聲母的狀況

　　江西客、贛語溪母有讀為擦音的音變現象，不過這裡必須區別兩個部份來討論，一是溪、群母皆有擦化的音變；二是只有溪母讀為擦音的音變。

## （一）溪、群母皆走向擦化音變──宜春片贛語

　　江西客、贛語見組（見、溪、群、曉、匣）聲母有兩類的讀音，一為舌根的 $k^h$、$k$、$h$（一部分的 h 在 u 之前唇化變為 f）聲母；一為在細音前讀為顎化的舌面 $t\var,$、$t\var^h$、$\var$ 聲母。宜春片的高安、上高、萬載贛語，則因為溪、群母這個送氣徵性，使得溪、群的 $t\var^h$ 聲母擦化變為舌面擦音 $\var$ 聲母。上高的溪、群母還有由舌面 $\var$ 聲母捲舌化後，又去捲化讀為 s 的表現。宜春片溪、群母這個因送氣徵性讀為擦音的現象，我們認為與江西贛語普遍發生 A、B、C 音變有關。因為 A、B、C 三種音變都是送氣徵性在起作用，江西客、贛語既普遍可見 A、B、C 音變，那麼這個送氣徵性所引起的塞化（B、C）、擦化音變（A）也有可能會出現在其他的聲母類別上。

　　塞化為舌尖類聲母，因舌面類的 $t\var^h$ 聲母與舌尖塞音的發音距離位置較遠，其塞化的可能性遠小於舌尖後的 $t\:s^h$ 與舌尖前的 $ts^h$ 聲母。除去塞化的可能外，送氣徵性還有可能會引發相關的擦化音變。宜春片的高安、上高、萬載等贛語，舌面類的 $t\var^h$ 聲母不走向塞化，而是產生了擦化的音變。因為這大區域的送氣徵性的相關聲母音變，導致連串送氣聲母的擦化音變。宜春片的高安、上高、萬載等贛語的溪、群聲母，我們可以看到這些擦化音

變的表現。

**表十八　宜春片贛語的溪、群母讀為擦音**

|  | 牽<br>溪 | 輕<br>溪 | 曲<br>溪 | 舅<br>群 | 舊<br>群 | 窮<br>群 | 音變現象 |
|---|---|---|---|---|---|---|---|
| 高安 | ɕiɛn1 | ɕiaŋ1 | ɕiuʔ6 | ɕiu5 | ɕiu5 | ɕiuŋ2 | 1. tɕʰ > ɕ |
| 上高 | ɕiɛn1 | san1 | ɕiuʔ5 | ɕiu4 | ɕiu4 | səŋ2 | 2. tɕʰ > ɕ > s |
| 萬載 | ɕien1 | ɕiaŋ1 | ɕiuʔ5 | ɕiu4 | ɕiu4 | ɕiuŋ2 |  |

## （二）萍鄉、寧都見組聲母的捲舌與去捲化音變

　　江西吉安片的萍鄉贛語與寧石片的寧都客語的見組舌面聲母，則可以看到成對的不送氣與送氣舌面聲母進一步捲舌化為 tʂ、tʂʰ 與去捲化為 ts、tsʰ 的狀況。萍鄉贛語的見母由舌面 tɕ 捲舌化變為 tʂ；溪、群母則由舌面送氣的 tɕʰ 捲舌化變為 tʂʰ。寧都客語的見母由舌面 tɕ 捲舌化變為 tʂ，然後再去捲化變為不接細音的 ts（細音在捲舌化過程中消耗掉了）；溪、群母則由舌面送氣的 tɕʰ 捲舌化變為 tʂʰ，然後再去捲化變為 tsʰ。不過萍鄉與寧都在細音前的舌面聲母進行捲舌化與去捲化音變還不全面，還是有許多見組字讀為舌面類的聲母。

**表十九　萍鄉、寧都「見」母捲舌化與去捲化聲母的表現**

|  | 句<br>見 | 卷<br>見 | 決<br>見 | 軍<br>見 | 橘<br>見 | 糾<br>見 | 音變現象 |
|---|---|---|---|---|---|---|---|
| 萍鄉（贛） | tʂɿ4 | tʂɥẽ3 | tʂɥɛ1 | tʂɥŋ1 | tʂɿ1 |  | tɕ > tʂ |
| 寧都（客） | tsu4 | tsan3 | tsait6 | tsən1 | tsət1 | tsɛu1 | tɕ > tʂ > ts |

**表二十　萍鄉、寧都「溪」、「群」母捲舌化與去捲化聲母的表現**

|  | 傾<br>溪 | 曲<br>溪 | 窮<br>群 | 牽<br>溪 | 輕<br>溪 | 舅<br>群 | 舊<br>群 | 音變<br>現象 |
|---|---|---|---|---|---|---|---|---|
| 萍鄉<br>（贛） | tʂʰuŋ3 | tʂʰu1 | tʂʰəŋ2 |  |  |  |  | tɕʰ > tʂʰ |
| 寧都<br>（客） | tsʰəŋ1 | tsʰuk6 | tsʰuŋ2 | tsʰan1 | tsʰan1 | tsʰɛu5 | tsʰɛu5 | tɕʰ > tʂʰ > tsʰ |

## （三）中古前的聲母演變——只有溪母走向擦化

　　南昌片的南昌贛語，江西贛語宜春片的奉新與吉安片的蓮花、泰和，以及江西客語本地話的上猶、南康、安遠、于都，還有客籍話的龍南、全南、定南、銅鼓、井岡山，以及寧石話的石城都有 $k^h > h$ 的音變。

　　另外，南昌片贛語的湖口、星子、修水的溪母，都有因送氣徵性而濁化為 g、gʰ 聲母的狀況，這是南昌片贛語在送氣聲母上的普遍現象。南昌片贛語，除溪母變為 g、gʰ 聲母外，南昌片的湖口、修水的溪母 g、gʰ 聲母還有變為送氣擦音的 h 聲母現象。這樣的音變現象與上文提到的 $k^h > h$ 音變屬於同一層的現象。

### 1.只有溪母擦化為中古前的音變

　　這個溪母讀為擦音的現象，因不包含群母，為中古全濁聲母清化前的語音演變。這個溪母（不含群母）讀為擦音的現象，在廣東粵語裡更為全面，江西客贛語的溪母讀為擦音的例字則較為零星，應是受到廣東粵語溪母音變影響下的擴散結果。

　　我們複查《廣東粵方言概要》[14]的十一個粵方言點[15]，這些

14　詹伯慧主編：《廣東粵方言概要》（廣州：暨南大學出版社，2002

溪母字，只有少數仍保持舌根送氣塞音 $k^h$ 的讀法，且都有其字詞的固定性，如表二十一所列。全濁聲母清化是中古音階段裡的一項大變動。廣東溪母的一連串擦化、弱化音變，不包含群母字，顯示其溪母字的送氣擦化音變發生的時間，早於中古全濁聲母清化之前。如若不然，今日讀為舌根擦音的聲母裡，應可見到中古全濁聲母清化後與溪母合流並一起讀為擦音的群母。這項溪母字的送氣擦化音變，遍及廣東各地，且此項音變停止後，沒有再繼續擴大的趨勢。

表二十一　廣東粵語古溪母字今仍讀為 $k^h$ 的例字

| 古溪母今讀為 $k^h$ | |
|---|---|
| 平 | 誇、區、溪、窺、羌、傾 |
| 上 | 叩、企 |
| 去 | 慨、靠、困、抗、曠、擴 |
| 入 | 卻、確、曲 |

表二十二　江西客、贛語裡只有溪母字讀為擦音的例字

| | 糠 | 開 | 起（白） | 坑 | 看 |
|---|---|---|---|---|---|
| 湖口（贛） | hoŋ1 | hai1 | | | hon5 |
| 修水（贛） | hoŋ2 | hei2 | | haŋ2 | hon6 |
| 南昌（贛） | hoŋ1 | hei1 | | haŋ1 | hɵn4 |
| 奉新（贛） | hoŋ1 | hɛi1 | | haŋ1 | hon4 |
| 蓮花（贛） | hɔ̃1 | | çi3 | | |

---

年），頁 304-388。

[15] 這十一個粵方言點為：廣州、順德、中山、東莞、斗門、臺山、開平、韶關、信宜、雲浮、廉江。

| 泰和（贛） | hõ1 | hue1 | çi3 | |
|---|---|---|---|---|
| 上猶（客） | hõ1 | hue1 | çi3 | hã1 |
| 南康（客） | hõ1 | huæ1<br>/ kʰiæ1 | çi3 | hã1 |
| 安遠（客） | hɔŋ1 | hoe1<br>/ kʰoe1 | çi3 | hã1 |
| 于都（客） | hõ1<br>/ kʰõ1 | hoɛ1<br>/ kʰoɛ1 | çi3 | hã1 |
| 龍南（客） | hɔŋ1 | hɔi1<br>/ kʰɔi1 | çi3 | haŋ1 |
| 全南（客） | hɔŋ1 | hɔi1<br>/ kʰɔi1 | çi3 | haŋ1 |
| 定南（客） | hɔŋ1 | hɔi1<br>/ kʰɔi1 | çi3 | haŋ1 |
| 銅鼓（客） | | | çi3 | haŋ1 |
| 井岡山（客） | hɔŋ1 | hoi1<br>/kʰoi1 | çi3 | haŋ1 |
| 石城（客） | | | hɔŋ3 | |

## 2.江西客語kʰ > h的現象多於江西贛語

　　觀察溪母舌根送氣塞音 kʰ 送氣化為 h 聲母這項音變，我們
會發現，江西客語普遍都有這項音變，但反觀江西贛語，有 kʰ >
h 的音變的方言點較少。這也可以印證溪母擦化的現象源自廣東
粵語，因粵語與客語融合較多，故字例也較多，江西贛語因有較
多北方漢語的特色，因此溪母擦化的方言點與例字則較少。

## （四）創新的聲母演變——曉、匣母

### 1. $k^h$、$g^h$聲母

在江西客、贛語裡，還有一個比較特殊的聲母語音現象，那就是在曉、匣母部分，有部分字讀為舌根送氣 $k^h$聲母的狀況。

江西贛語南昌片的永修、臨川片的東鄉、臨川，都有曉母讀成 $k^h$ 或 $g^h$（南昌片）聲母狀況。

南昌片贛語的永修，吉安片的永豐、泰和，還有江西客語本地話的上猶、于都與客籍話的全南，以及寧石話的寧都、石城，都有匣母讀為 $k^h$ 或 $g^h$（南昌片）聲母狀況。

南昌片贛語送氣聲母有濁化的表現，所以南昌片的永修贛語的曉、匣母的 $g^h$聲母，原來形式為 $k^h$ 聲母。

另外，江西客語本地話的上猶、南康、安遠，以及客籍話的龍南、全南的「狹」（匣母）字，則有由 $k^h$ 聲母顎化為舌面 $tɕ^h$ 聲母的音變（上猶 $tɕ^h$ie4、南康 $tɕ^h$ie4、安遠 $tɕ^h$iɔ1、龍南 $tɕ^h$iæʔ7、全南 $tɕ^h$iaiʔ7）。客籍話的井岡山，「狹」字則讀為 $k^h$iait6。

**表二十三　江西贛語（永修、東鄉、臨川）曉母讀為 $k^h$、$g^h$聲母**

| 曉母 | 蝦魚~ | 海 | 漢 | 瞎 | 黑 | 嚇 |
|------|-------|-----|-----|-----|-----|-----|
| 永修（贛） | $g^h$a1 | $g^h$ai4 | $g^h$ɔn5 | $g^h$aʔ8 | $g^h$ɛʔ8 | $g^h$aʔ9 |
| 東鄉（贛） | $k^h$a1 | | | | | |
| 臨川（贛） | $k^h$a1 | | | | | |

### 表二十四　江西客、贛語（永修、永豐、泰和、于都、全南、寧都、石城）匣母讀為 kʰ、gʰ 聲母

| 匣母 | 蟹 | 賀 | 下~來、~面 | 害 | 鞋 | 後 | 含 | 狹 | 河 |
|---|---|---|---|---|---|---|---|---|---|
| 永修（贛） | gʰai4 | gʰo7 | gʰo7 | gʰai7 | gʰai3 | gʰɛu7 | gʰɔn3 | gʰaʔ10 | gʰo3 |
| 永豐（贛） | kʰuæ3 | | | | | | | | |
| 泰和（贛） | kʰæ3 | | | | | | | | |
| 上猶（客） | kʰæ3 | | | | | | | | |
| 于都（客） | kʰæ3 | | | | | | | | |
| 全南（客） | kʰai3 | | | | | | | | |
| 寧都（客） | kʰai5 | | | | | | | | |
| 石城（客） | kʰai3 | | | | | | | | |

### 表二十五　江西贛語匣母讀為 gʰ 聲母（永修）

| 匣母 | 猴 | 厚 | 合~作 | 狹 | 咸 | 寒 | 汗 | 旱 | 學 |
|---|---|---|---|---|---|---|---|---|---|
| 永修（贛） | gʰɛu4 | gʰɛu7 | gʰɔʔ10 | gʰaʔ10 | gʰan3 | gʰɔn3 | gʰɔn7 | gʰɔn7 | gʰɔʔ10 |

　　在江西客、贛語裡，曉、匣母都有零星字讀為舌根音聲母的現象，而南昌片的永修贛語則有大量字讀為舌根 gʰ 聲母的情形。其他的江西客、贛語裡，曉、匣母讀為舌根聲母的字例都很零星，很難據以判斷這樣的音讀究竟為上古音保留，或是創新的

表現，甚或是被周遭方言感染特定例字的音變？但永修贛語在古曉、匣母例字上，都有大量舌根聲母的讀法，因跨越了兩類的中古聲母，本文認為這是一個創新且晚近的音變現象。

## 2.匣母零聲母化與唇齒化為 v 聲母的音變

江西贛語匣母在開口韻的部分，大部分讀為 f、h、ç（i 介音前）。部分的合口韻，在 u 前則有由擦音聲母 f、h 脫落為零聲母（f、h > ɸ- / __ u）的音變；或者產生零聲母後，由合口 u 介音加強唇齒化的音感（u > v-），因而新生了 v 聲母的音變。江西客語的匣母在合口 u 韻前，部分字也有丟失 f、h 聲母狀況，但傾向唇齒化變為 v 聲母。以下舉「完」、「換」兩字為例，湖口、橫峰、上高、東鄉、吉安與永豐為贛語點；于都、全南與石城則為客語點。

表二十六　江西客、贛語匣母零聲母化與唇齒化的現象

| 地點<br>例字 | 贛語 | | | | | | 客語 | | |
|---|---|---|---|---|---|---|---|---|---|
| | 湖口 | 橫峰 | 上高 | 東鄉 | 吉安 | 永豐 | 于都 | 全南 | 石城 |
| 完 | uan2 | uan2 | vɛn2 | uon2 | uon2 | oã2 | vã2 | von2 | von2 |
| 換 | uan6 | | vɛn4 | uon6 | uon4 | oã4 | võ5<br>/ hõ5 | von5 | von4 |

另外，江西宜春片的奉新贛語，在非、敷、奉與曉、匣聲母部分，都有大量由 f、h、ç 聲母脫落為零聲母的音變（f、h、ç > ɸ-）。

表二十七　奉新贛語非組與曉、匣聲母變為零聲母的狀況

| | 夫<br>非 | 肺<br>敷 | 肥<br>奉 | 火<br>曉 | 虛<br>曉 | 香<br>曉 | 懸<br>匣 | 混<br>匣 |
|---|---|---|---|---|---|---|---|---|
| 奉新 | u1 | ui4 | ui2 | uo3 | i1 | ioŋ1 | iɛn2 | un5 |

### 3.奉新唇音聲母的 h 擦音

　　奉新贛語在非組聲母裡還有一些例字，讀為成音節鼻音 ŋ，如表二十八所示。這些字中古都屬非系字，這些例字的 h 擦音感，是從原來的非組聲母的唇齒 f 帶出的，而舌根鼻音 ŋ 的音感，則來自這些字原來的鼻音韻尾。

　　奉新贛語這些例字讀為成音節鼻音的原因，在於其原來韻母裡的 u 元音與舌根韻尾 ŋ 的結合，且這個 u 元音擔任的韻母角色為主要元音。因為 u 元音具有高元音的特質，容易使 ŋ 鼻音更具元音化，進而具備成音節的發音性質。

### 表二十八　奉新贛語讀為成音節鼻音的非組聲母

|  | 風 | 封 | 馮 | 鳳 | 縫~衣 | 縫~隙 |
|---|---|---|---|---|---|---|
| 奉新 | hŋ1 | hŋ1 | hŋ2 | hŋ5 | hŋ2 | hŋ5 |

　　鄭曉峰〈漢語方言中的成音節鼻音〉[16]一文中，曾對漢語南方漢語方言中的成音節鼻音的地理分布做一個大體的鳥瞰，發現跨方言間都有這樣的相同現象，就是成音節鼻音與高元音的密切關係，以下是鄭曉峰文中所歸納的四個成音節鼻音的音變規律：

(1a) $^*$ŋu > ŋ

(1b) $^*$mu > m

(2a) $^*$ŋi > ŋ ~ hŋ

(2b) $^*$ni > n

---

[16] 鄭曉峰：〈漢語方言中的成音節鼻音〉，《清華學報》新 31 卷第 1、2 期合刊（2001 年 3 月），頁 135。

　　奉新贛語的非組聲母有一部分字帶有 h 擦音，這類的聲母音變與本文所要討論的鏈式聲母的主題相距較遠，這裡會論及是因為上文提到奉新贛語在非系與曉、匣聲母裡，有不少 f、h、ç 聲母脫落為零聲母的音變，進而延伸探討奉新贛語在非組聲母讀為成音節鼻音且帶有 h 擦音的 hŋ 語音現象。

# 捌、結語

　　送氣徵性在江西客、贛語裡，造成諸多的語音變化，除討論度較大的送氣分調與送氣化濁之外，送氣徵性也造成相關的鏈式聲母音變。除此之外，基於漢語一級配列（送氣－不送氣）的緣故，送氣聲母相配的不送氣聲母也會連帶跟著變化。更甚者，在南豐贛語，因同時有顎化與塞化的規則拉扯，反而造成了精組原本隸屬同一音位的 ts、tç 與 tsʰ、tçʰ 後來反變成了不同的兩類聲母。從地理分佈的比較，我們觀察到，C 音變比 B 音變更容易去遞補 A 音變。這個由送氣徵性發起的一連串音變，從知三、章類聲母裡，還可以看到塞擦音與擦音演變不同步的現象。溪母擦化的現象可分兩種，溪、群母都擦化的表現是晚近的語音改變；而只有溪母的擦化，則是中古濁音清化之前的演變，前者只在江西贛語發現；而後者則多發生在江西客語。永修贛語部分，不只匣母有讀為舌根聲母 gʰ 的情形，曉母也看得到 gʰ 聲母的讀法，這是一個新的語音變化。

# 引用文獻

## 一、專書

## （一）中文

何大安，《規律與方向：變遷中的音韻結構》，臺北，中央研究院歷史研
究所，1988。

詹伯慧主編，《廣東粵方言概要》，廣州，暨南大學出版社，2002。

劉綸鑫，《客贛方言比較研究》，北京，中國社會科學出版社，1999。

## （二）西文

Campbell, Lyle. 2000 (Second printing). *Historical Linguistics: an introduction*,
First MIT press edition, 1999. Originally published in 1998 by Edinburgh
University press.

R. L. Trask 著, 周流溪導讀. 2000. *Historical Linguistics*, 北京，外語教學與
研究出版社（初版為 1996 年由 Edward Aronld Ltd 出版，愛德華·
阿諾德出版社授權外語教學與研究出版社於 2000 年出版）。

## 二、期刊

萬波，〈贛語古知莊章精組聲母的今讀類型與歷史層次〉，《中國文化研
究所學報》No.51（2010 年 7 月），頁 317-355。

鄭曉峰，〈漢語方言中的成音節鼻音〉，《清華學報》新 31 卷第 1、2 期
合刊（2001 年 3 月），頁 135-159。

## 三、學位論文

江敏華，《客贛方言關係研究》，臺北，國立臺灣大學中國文學研究所博
士論文，2003.6。

## 附錄：

本論文所採用的江西客贛語語料，以劉綸鑫的《客贛方言比較研究》[17]為主。主要討論的江西客贛方言點有 33 個；贛語方言點佔 21 個；客語則有 12 個。這 33 個點的順序及所屬各片的聲母情形如下：

|  |  |  |  |  |  |  |
|---|---|---|---|---|---|---|
| 贛方言 | 南昌片 | 湖口 | 星子 | 永修 | 修水 | 南昌 |
|  | 波陽片 | 樂平 | 橫峰 |  |  |  |
|  | 宜春片 | 高安 | 奉新 | 上高 | 萬載 | 新余 |
|  | 臨川片 | 東鄉 | 臨川 | 南豐 | 宜黃 | 黎川 |
|  | 吉安片 | 萍鄉 | 蓮花 | 永豐 | 泰和 |  |
|  | 本地話 | 上猶 | （社溪） | 南康 | 安遠 | 于都 |

| 客家方言 | 客籍話 | 龍南 | 全南 | 定南 | 銅鼓 | 澡溪 | 井岡山 |
|---|---|---|---|---|---|---|---|
|  | 寧石話 | 寧都 | 石城 |  |  |  |  |

## （一）贛語的聲母

### 1.湖口縣雙鐘鎮

| p | b | m | f | t | d | n | l | ts |
|---|---|---|---|---|---|---|---|---|
| dz | s | tʂ | dʐ | ʂ | ʐ | tɕ | dʑ | ȵ |
| ɕ | k | g | ŋ | h | ∅ | | | |

### 2.星子縣

| p | b | m | f | t | d | n | l | ts | dz |
|---|---|---|---|---|---|---|---|---|---|
| s | z | tʂ | dʐ | ʂ | ʐ | tɕ | dʑ | ȵ | ɕ |
| k | g | ŋ | h | ∅ | | | | | |

---

[17]　劉綸鑫：《客贛方言比較研究》（北京：中國社會科學出版社，1999年）。

### 3.修水（義寧鎮）

| | | | | | | | | |
|---|---|---|---|---|---|---|---|---|
| p | b | m | f | v | t | d | l | n |
| ȵ | ts | dz | s | tɕ | dʑ | ɕ | k | g |
| ŋ | h | ∅ | | | | | | |

### 4.修水縣黃沙橋

| | | | | | | | | |
|---|---|---|---|---|---|---|---|---|
| p | pʰ | m | f | v | t | tʰ | n | l |
| ts | tsʰ | s | tʂ | tʂʰ | ʂ | ɕ | k | kʰ |
| ŋ | h | ∅ | | | | | | |

### 5.永修縣江益鄉

| | | | | | | | | |
|---|---|---|---|---|---|---|---|---|
| p | bʰ | m | f | v | t | dʰ | l | ts |
| dzʰ | s | tʂ | dʐʰ | ʂ | tɕ | dʑʰ | ȵ | ɕ |
| k | gʰ | ŋ̍ | ∅ | | | | | |

### 6.南昌縣（塔城鄉）

| | | | | | | | | |
|---|---|---|---|---|---|---|---|---|
| p | pʰ | m | ɸ | | t | tʰ | l | ts |
| tsʰ | s | tɕ | tɕʰ | ȵ | | ɕ | k | kʰ |
| ŋ | h | ∅ | | | | | | |

### 7.奉新縣（馮川鎮）

| | | | | | | | | |
|---|---|---|---|---|---|---|---|---|
| p | pʰ | m | t | tʰ | l | ts | s | tɕ |
| tɕʰ | ȵ | k | kʰ | ŋ | h | ∅ | | |

### 8.高安縣

| | | | | | | | | |
|---|---|---|---|---|---|---|---|---|
| p | pʰ | m | f | t | tʰ | l | ts | tsʰ |
| s | tɕ | tɕʰ | ɕ | k | kʰ | ŋ | h | ∅ |

### 9.上高縣敖陽鎮

| | | | | | | | | |
|---|---|---|---|---|---|---|---|---|
| p | pʰ | m | f | v | t | tʰ | l | ts | tsʰ |
| s | tɕ | tɕʰ | ȵ | ɕ | k | kʰ | ŋ | h | ∅ |

### 10.萬載縣康樂鎮

| | | | | | | | | |
|---|---|---|---|---|---|---|---|---|
| p | pʰ | m | f | t | tʰ | l | ts | tsʰ | s |
| tɕ | tɕʰ | ȵ | ɕ | k | kʰ | ŋ | h | ∅ |

## 11.萬載縣高村鄉

| p | pʰ | m | f | v | t | tʰ | l | ȵ |
| ts | tsʰ | s | tʂ | tʂʰ | ʂ | k | kʰ | ŋ |
| h | ∅ | kv | kʰv | | | | | |

## 12.新余市渝水區

| p | pʰ | m | f | t | tʰ | l | ts | tsʰ |
| s | tɕ | tɕʰ | ȵ | ɕ | k | kʰ | ŋ | h |
| ∅ | | | | | | | | |

## 13.樂平縣

| p | pʰ | m | f | v | t | tʰ | n | l |
| ts | tsʰ | s | tɕ | tɕʰ | ȵ | ɕ | k | kʰ |
| ŋ | h | ∅ | | | | | | |

## 14.橫峰縣

| p | pʰ | m | f | t | tʰ | n | l | ts | tsʰ |
| s | tɕ | tɕʰ | ȵ | ɕ | k | kʰ | ŋ | h | ∅ |

## 15.東鄉縣

| p | pʰ | m | f | t | tʰ | n | l | ts | tsʰ |
| s | tɕ | tɕʰ | ȵ | ɕ | k | kʰ | ŋ | h | ∅ |

## 16.臨川縣上頓渡鎮

| p | pʰ | m | f | t | tʰ | l | ts | tsʰ | s |
| tɕ | tɕʰ | ȵ | ɕ | k | kʰ | ŋ | h | ∅ | |

## 17.黎川縣日峰鎮

| p | pʰ | m | f | v | t | tʰ | n | l | ts |
| tsʰ | s | tɕ | tɕʰ | ɕ | k | kʰ | ŋ | h | ∅ |

## 18.南豐縣琴城鎮

| p | pʰ | m | f | v | t | tʰ | n | l |
| ts | tsʰ | s | tɕ | tɕʰ | ȵ | ɕ | k | kʰ |
| ŋ | h | ∅ | | | | | | |

### 19.宜黃縣鳳凰鎮

| p | pʰ | m | f | t | tʰ | l | ts | tsʰ | s |
|---|---|---|---|---|---|---|---|---|---|
| tɕ | tɕʰ | ȵ | ɕ | k | kʰ | ŋ | h | ∅ | |

### 20.蓮花縣琴亭鎮

| p | pʰ | m | t | tʰ | n | l | ts | tsʰ |
|---|---|---|---|---|---|---|---|---|
| s | tɕ | tɕʰ | ɕ | k | kʰ | h | ∅ | |

### 21.萍鄉市

| p | pʰ | m | f | t | tʰ | l | ts | tsʰ |
|---|---|---|---|---|---|---|---|---|
| s | tʂ | tʂʰ | ʂ | tɕ | tɕʰ | ȵ | ɕ | k |
| kʰ | ŋ | h | ∅ | | | | | |

### 22.永豐縣恩江鎮

| p | pʰ | m | f | v | t | tʰ | l | ts |
|---|---|---|---|---|---|---|---|---|
| tsʰ | s | tɕ | tɕʰ | ȵ | ɕ | k | kʰ | ŋ |
| h | ∅ | kv | kʰv | | | | | |

### 23.泰和縣

| p | pʰ | m | f | t | tʰ | l | ts | tsʰ | s |
|---|---|---|---|---|---|---|---|---|---|
| tɕ | tɕʰ | ȵ | ɕ | k | kʰ | ŋ | h | ∅ | |

### 24.泰和縣上圯鄉

| p | pʰ | m | f | v | t | tʰ | n | l | ts |
|---|---|---|---|---|---|---|---|---|---|
| tsʰ | s | tɕ | tɕʰ | ɕ | k | kʰ | ŋ | h | ∅ |

## （二）客語的聲母

### 1.寧都縣城關鎮

| p | pʰ | m | f | v | t | tʰ | n | l | ts |
|---|---|---|---|---|---|---|---|---|---|
| tsʰ | s | tɕ | tɕʰ | ɕ | k | kʰ | ŋ | h | ∅ |

### 2.石城縣琴江鎮

| p | pʰ | m | f | v | tʰ | n | l | ts |
|---|---|---|---|---|---|---|---|---|
| tsʰ | s | tɕ | tɕʰ | ɕ | k | kʰ | ŋ | h | ∅ |

### 3.定南縣歷市鎮

p　　pʰ　　m　　f　　v　　t　　tʰ　　n　　l　　ts
tsʰ　　s　　tɕ　　tɕʰ　　ɕ　　k　　kʰ　　ŋ　　h　　ø

## 4.銅鼓縣豐田鄉

p　　pʰ　　m　　f　　v　　t　　tʰ　　n　　l
ts　　tsʰ　　s　　tʂ　　tʂʰ　　ʂ　　tɕ　　tɕʰ　　ɕ
k　　kʰ　　ŋ　　h　　ø

## 5.奉新縣澡溪鄉

p　　pʰ　　m　　f　　v　　t　　tʰ　　n　　l
ts　　tsʰ　　s　　tɕ　　tɕʰ　　ɕ　　k　　kʰ　　ŋ
h　　ø

## 6.井岡山黃坳

p　　pʰ　　m　　f　　v　　t　　tʰ　　n　　l　　ts
tsʰ　　s　　tɕ　　tɕʰ　　ɕ　　k　　kʰ　　ŋ　　h　　ø

## 7.全南縣城廂鎮

p　　pʰ　　m　　f　　v　　t　　tʰ　　n　　l　　ts
tsʰ　　s　　tɕ　　tɕʰ　　ɕ　　k　　kʰ　　ŋ　　h　　ø

## 8.上猶縣營前鎮

p　　pʰ　　m　　f　　v　　t　　tʰ　　n　　l
ts　　tsʰ　　s　　tɕ　　tɕʰ　　ɕ　　k　　kʰ　　ŋ
h　　kv　　kʰv　　ŋv　　ø

## 9.龍南縣龍南鎮

p　　pʰ　　m　　f　　v　　t　　tʰ　　n　　l　　ts
tsʰ　　s　　tɕ　　tɕʰ　　ɕ　　k　　kʰ　　ŋ　　h　　ø

## 10.于都縣貢江鎮

p　　pʰ　　m　　f　　v　　t　　tʰ　　n　　l　　ts
ts　　tsʰ　　s　　tʃ　　tʃʰ　　ʃ　　tɕ　　tɕʰ　　ȵ
ɕ　　k　　kʰ　　ŋ　　h　　ø

## 11.南康縣蓉江鎮

| p | pʰ | m | f | v | t | tʰ | n | l | ts |
| tsʰ | s | tɕ | tɕʰ | ɕ | k | kʰ | ŋ | h | ∅ |

## 12.上猶縣東山鎮

| p | pʰ | m | f | v | t | tʰ | n | l | ts |
| tsʰ | s | tɕ | tɕʰ | ɕ | k | kʰ | ŋ | h | ∅ |

## 13.安遠縣欣山鎮

| p | pʰ | m | f | v | t | tʰ | n | l | ts |
| tsʰ | s | tɕ | tɕʰ | ɕ | k | kʰ | ŋ | h | ∅ |

## 14.安遠縣龍布鄉

| p | pʰ | m | f | v | t | tʰ | n | l |
| ts | tsʰ | s | tɕ | tɕʰ | ɕ | k | kʰ | ŋ |
| h | ∅ | j | | | | | | |

本文為科技部專題計畫（送氣聲母所引起的拉鏈、推鏈、濁化與其他聲母的調和現象——以江西客贛語、福建閩語及廣東粵語為研究對象，計畫編號 MOST106-2410-H126-014，2017 年 8 月～2018 年 7 月）的部分研究成果。本文初稿曾在第十三屆客家話國際學術研討會上發表過（中央大學客家語文暨社會科學學系主辦，臺灣客家語文學會、中央研究院語言學研究所協辦，2018 年 10 月 19～21日）。

# 第五篇　撫州廣昌客語音系概述（附方音調查字表）

## 摘　要

廣昌是江西省撫州市轄下的一個縣，本文為筆者 2015 年 5 月田調的結果，所調查的廣昌音系，是廣昌縣的覛榿村，該村所說的語言為客家話，但帶有江西贛語的痕跡，例如廣昌客語裡的平聲與去聲中，送氣清聲母與擦音聲母都有因「送氣」因素，而導致分調的現象。廣昌客語中也可發現贛語中常見的拉鏈音變，A 音變完成後，為遞補 tʰ 的聲母位置，鏈動產生了 B 音變。

$$A：t^h > h 、 B：ts^h > t^h$$

另外，聲母部分，廣昌客語有一套近捲的舌葉音聲母。韻母部分，廣昌客語在止開三這個韻攝有一個較特殊的 ɿ 韻母讀法。入聲韻尾部分，廣昌客語 -p、-t、-k 三種韻尾皆存，但 -p 只存在零星的幾個字裡。

**關鍵詞**：廣昌、覛榿村、客語、江西、贛語

# Abstract

Guang Chang (廣昌) is one county of Fu Zhou (撫州) in Jiangxi (江西). It's one dialect of the Hakka, but it has a lot of traits of Gan (贛) dialect. For example, the split of tones into different subtypes because of the aspirated initials is a very important trait in the Gan dialect. In the Gan dialect, the drag chain change of aspirated initials is very common. We can find those phenomena in Guang Chang. Through this article, we can get a clear-cut understanding of the Hakka sub-dialect Guang Chang.

**Keywords:**　Guang Chang (廣昌)，　the village of Jian Wo (梘楃)，　Hakka, Jiangxi，　The Gan dialect

# 壹、撫州廣昌客語的聲、韻、調

## （一）聲母

撫州廣昌客語包含零聲母，廣昌聲母共二十二個。

p　pʰ　m　f　v　t　tʰ　n　l　ts　tsʰ　s　tɕ　tɕʰ　ɕ　tʃ　tʃʰ　ʃ
k　kʰ　h　ø

## （二）韻母

撫州廣昌客語包括一成音節 ŋ 韻母，廣昌韻母共六十四個。

| a | i | ɯ | ɤ | ɚ | o | u | y |
|---|---|---|---|---|---|---|---|
| ai | au | ei | əu | oi | | | |
| ia | ie | iu | iau | | | | |
| ua | ui | uo | uai | | | | |
| an | ən | on | aŋ | əŋ | oŋ | | |
| in | ien | ion | iŋ | ieŋ | ioŋ | iuŋ | |
| un | uan | uon | uŋ | uoŋ | | | |
| yən | yon | yəŋ | yuŋ | | | | |
| at | ət | ot | ut | ak | ək | ok | uk |
| it | ik | iap | iat | iak | iet | iek | iok |
| iuk | | | | | | | |
| uat | uok | | | | | | |
| yət | | | | | | | |
| ŋ | | | | | | | |

## （三）聲調

撫州廣昌客語的聲調如下。

| 平 | | 上 | | | 去 | | | 入 | |
|---|---|---|---|---|---|---|---|---|---|
| 陰平 | | 陽平 | 陰上 | 陽上 | 陰去 | | 陽去 | 陰入 | 陽入 |
| 不送氣 | 送氣 | 24 | 42 | 35 | 不送氣 | 送氣 | 42 | 2 | 4 |
| 11 | 24 | | | | 33 | 42 | | | |

# 貳、撫州廣昌客語的語音特點

## （一）聲母特點

### 1.幫、非、端系聲母

　　幫母今讀為 p，滂、並母今讀為 pʰ。中古全濁聲母無論平仄變為同部位的送氣清音，但並母的少數字：「辮 pien11、笨 pən11、簿 pu35、辦 pan42」等字，今讀不送氣清音 p，為共同脫軌。明母讀為 m 聲母。非、敷、奉母今讀為 f 聲母。微母讀為 v，除「尾 mei11、襪 mat4、蚊 mən24」字外，其他讀為 m 聲母。端母今讀為 t 聲母。透、定母讀為送氣的 tʰ 聲母，有許多字由於送氣擦化音變的緣故，變為擦音的 h 聲母。其中的「兔 i33」字，還讀為零聲母 ø，為進一步脫落的現象。泥母讀為 n 聲母，泥母在 i 元音前讀為 ȵ，但本文不另立一 ȵ 聲母，只併做一個 n 聲母。來母讀為 l 聲母。

$$A: t^h \quad > \quad h$$
$$\text{（透、定）}$$

**圖一　A 音變**

#### 表一　廣昌客語透、定母變為 h 的例字

| 天 | 脫 | 甜 | 田 | 團 |
|---|---|---|---|---|
| hien24 | hot2 | hien24 | hien24 | hon24 |

### 2.知、莊系聲母

　　知母二等與莊母讀為 ts。三等的知母，「長生~ tʃioŋ42、帳 tʃioŋ33」等字則讀為近於捲舌的舌葉 tʃ 聲母。二等的徹、澄與初、崇母讀為送氣的 tʰ 聲母，如：「戳 tʰok2、茶 tʰa24、插 tʰat2、窗 tʰoŋ24、寨 tʰai42」。三等的徹、澄母，除讀為送氣的 tsʰ、tʰ 聲母之外（超 tsʰau24、賺 tʰan42），在 i 元音前，讀為送氣的 tɕʰ 聲母（抽 tɕʰiu24、陳 tɕʰin24），許多字還變讀為舌葉 tʃʰ 聲母（廚 tʃʰui24、蟲 tʃʰyəŋ24）。章母有舌葉 tʃ 聲母的（主 tʃui42、章 tʃoŋ11、掌 tʃoŋ42），也有少數字讀為舌尖前的 ts 聲母，如：「遮 tsa11、蔗 tsa33、照 tsau33、只 tsak2、眾 tsuŋ33、粥 tsu11」，在 i 元音前的章母則讀為 tɕ 聲母（真 tɕin11、煮 tɕie42、朱 tɕie11、制 tɕi33、周 tɕiu11）。

### 3.江西客贛語的知三、章組聲母普遍的前捲舌階段

　　讀為舌葉的 tʃ 聲母，我們認為有由舌面的 tɕ 變來，也可能來自捲舌音 tʂ 的音讀層。我們認為有一部份的廣昌客語知三、章組聲母，之前有捲舌的階段，這不僅是廣昌客語的特色，更是江西客、贛語大區域的語音特點。我們從「假開三」這個韻攝可以看得更清楚，江西客、贛語裡，捲舌聲母與去捲舌聲母兩讀並陳的現象。表二選取的字為假攝開口三等章組字[1]，以下的南

---

[1]　劉綸鑫：《客贛方言比較研究》（北京：中國社會科學出版社，1999年）。

昌、樂平、萍鄉為贛語點，于都、銅鼓為客語點。

### 表二　江西客、贛語假攝開口三等章組字

| 假開三 | 遮 | 蔗 | 車 | 扯 | 蛇 | 射 | 舍 | 社 |
|---|---|---|---|---|---|---|---|---|
| 南昌 | tsa | tsaʔ | tsʰa | tsʰa | sa | sa | sa | sa |
| 樂平 | tsa | tsa | tsʰa | tsʰa | sa | sa | sa | sa |
| 萍鄉 | tʂa | tʂa | tʂʰa | tʂʰa | ʂa | ʂa | ʂa | ʂa |
| 于都 | tʃa | tʃa | tʃʰa | tʃʰa | ʃa | ʃa | ʃa | ʃa |
| 銅鼓 | tʂa | tʂa | tʂʰa | tʂʰa | ʂa | ʂa | ʂa | ʂa |

## 4.知、莊、章聲母的各層音讀

　　可以推知的是，江西客贛語的知三、章組[2]，曾普遍有捲舌音階段，才將三等的 i 介音消耗殆盡。至於廣昌客語讀為舌葉的知三、章組聲母，則是捲舌音 tʂ 的變讀，因舌葉與捲舌的音值相當接近。至於仍加 i 元音的舌面 tɕ 聲母，則是捲舌音的起點。這之中還有一個過渡階段，在廣昌客語的擦音中顯現，比如船、書、禪母有許多舌葉的 ʃ 聲母，在 i 元音前也可存在，如：「神ʃin24、實ʃit4、繩ʃiŋ24、腎ʃin42」，表示這些字的捲舌運動還未啟動。

　　讀為舌尖前 ts 聲母的知、三章組聲母，則是捲舌聲母 tʂ 的進一步去捲化，再加上送氣聲母大量塞化的音變之故，廣昌客語的二等與三等的徹、澄、初、崇母裡，有不少讀為 tʰ 聲母的。綜合言之，廣昌客語的知、莊章聲母有多個語音層次，且送氣與否又造成聲母的音讀差異。以下為廣昌客語知、莊章聲母的各種

---

**2**　江西客贛語裡知三與章組聲母多為同型。

音讀。

知、莊二等聲母：ts（只有一套）

初、崇、徹、澄二等聲母：tʰ（發生了 B 音變）

tɕ（i）　＞　　tʃ　　　＞　ts　　（廣昌方言這三種音讀並陳）
知章三等　　捲舌化　　去捲化

tɕʰ（i）　＞　tʃʰ　＞　tsʰ　＞　tʰ　（廣昌方言這四種音讀並陳）
三等徹、澄　　　　　　└──┬──┘
　　　　　　　　　　　　B 音變

三等昌母：tɕʰ（i）、tʃʰ（沒有去捲化的 tsʰ 聲母，昌母與章母並不對稱）

### 圖二　廣昌客語知莊章聲母的各種音讀

　　三等徹、澄母去捲化後，當站在 tsʰ 聲母位置上時，就會遵循 B 音變的規則，塞化變為 tʰ。

### 表三　廣昌客語昌母字

| 臭 | 齒 | 尺 | 廠 | 唱 |
|---|---|---|---|---|
| tɕʰiu42 | tɕʰɿ42 | tʃʰak2 | tʃʰoŋ42 | tʃʰoŋ33 |

船母三讀：ʃ（i）、ʃ（ø）、s（去捲化 s 聲母的音讀層）

### 表四　廣昌客語船母字

| 神 | 實 | 射 | 舌 | 船 | 順 |
|---|---|---|---|---|---|
| ʃin24 | ʃit4 | ʃa42 | ʃət4 | ʃon24 | sun42 |

書、禪母四讀：ɕ（i）、ʃ（i）、ʃ（ø）、s（ø）

### 表五　廣昌客語書、禪母字

| 成 | 扇 | 升 | 身 | 腎 | 說 | 熟 | 石 | 上~山 | 上~面 |
|---|---|---|---|---|---|---|---|---|---|
| ɕin24 | ɕien42 | ʃiŋ11 | ʃin11 | ʃin42 | ʃot2 | su24 | sak4 | soŋ35 | soŋ42 |

## 5.精系聲母

　　廣昌客語的精系聲母與上文的知莊章聲母的音讀，有相似的演變卻又有所不同。精母在三等 i 介音前讀為 tɕ 聲母，其他則讀為舌尖前 ts 聲母與塞化 t 聲母。清、從母則在三等 i 介音前讀為 tɕʰ 聲母，其他則讀為 tsʰ 聲母與塞化的 tʰ 聲母。前面的初、崇、徹、澄聲母，只在送氣聲母部分，有由 tsʰ 塞化為 tʰ 的音變現象，而這裡的精系聲母卻不同。表面上，精與清、從、邪母看似一起對稱地塞化為 t、tʰ 聲母，實究後，發現並不然。清、從、邪（塞擦音部分）母塞化的動力有二：一與上文的初、崇、徹、澄聲母相同，都是送氣起關鍵；另外，三等 i 介音也可促成塞化音變。因此，我們可以發現，廣昌客語精母塞化只在 i 介音前，如：「借 tia33、接 tiat2、煎 tien11、箭 tien33、醬 tioŋ33、蔣 tioŋ42」，清、從、邪（塞擦音部分）的塞化音變，則不限於 i 介音前，所以這裡塞化的原因有二：送氣聲母與 i 介音。擦音部分，則只有 s、ɕ 二讀。

精母 tɕ、t 二讀並陳：

$$ts \begin{cases} > \quad t \quad / \_\_ \ i（塞化）\\ \quad B1\ 音變 \\ > \quad tɕ \quad / \_\_ \ i（顎化）\end{cases}$$

**圖三　廣昌客語精母字的音變**

**表六　廣昌客語精母字**

| 租 | 酒 | 接 | 箭 | 字 |
|---|---|---|---|---|
| tsu11 | tɕiu42 | tiat2 | tien33 | sɿ42 |

$$B1：ts > t$$

**圖四　B1 音變**

精母發生了與 B 音變相對稱的 B1 音變，其中，少數精母字，如：「字 sɿ42」還有擦音一讀。

清、從、邪（塞擦音）母 tɕʰ、tʰ 二讀並陳：

$$tsʰ \begin{cases} > \quad tʰ \quad / \_\_ \ i（塞化）\\ \quad B\ 音變 \\ > \quad tɕʰ / \_\_ \ i（顎化）\end{cases}$$

**圖五　廣昌客語清、從、邪（塞擦音部分）母字的音變**

### 表七　廣昌客語清、從、邪母字

| 千 | 醋 | 親 | 財 | 集 | 袖 | 袖 | 尋 | 自 | 匠 |
|---|---|---|---|---|---|---|---|---|---|
| tʰien24 | tʰu33 | tɕʰin24 | tʰai24 | tɕʰit4 | tɕʰiu35 | tʰiu35 | tʰin24 | ʃi42 | ɕioŋ33 |

　　清、從、邪母（塞擦音）發生了 B 音變，前文提及 B 音變的產生源自於 A 音變的拉力，但這裡，我們還可以看到清、從、邪母的 B 音變不只源於 A 音變的拉力，在 i 元音的條件前，也產生了 B 音變。另外，從母有擦音的讀法，如：自 ʃi42、匠 ɕioŋ33。

　　　　　　心邪（擦）母 s、ɕ 二讀並陳：

$$s \begin{cases} \text{s／\_\_ 其他} \\ > \text{ɕ／\_\_ i（顎化）} \end{cases}$$

### 圖六　廣昌客語心、邪（擦音部分）母字的音變

### 表八　廣昌客語心、邪（擦音部分）母字

| 鬆 | 送 | 星 | 席 | 習 | 隨 |
|---|---|---|---|---|---|
| suŋ11 | suŋ33 | ɕieŋ11 | ɕik4 | ɕit4 | sui24 |

　　心母、邪母（擦音）在 i 之前顎化讀為 ɕ，其他則讀為 s。

　　由上文可以知道，廣昌客語發生了一連串的送氣拉鏈音變 A 與 B。B 音變中，由 tsʰ 變為 tʰ 的聲母包括中古徹、澄、初、崇母的二、三等字，以及清、從、邪（塞擦音）母。前者的音變動力在送氣，後者的音變動力除了送氣外，還加了前高的 i 元音。

A 音變中，由 tʰ 變 h 的聲母則包括中古的透、定母。又，廣昌客語在不送氣的 ts 聲母的部分，也發生了與 B 音變相對稱的塞化 B1 音變，精母的 ts 會塞化為 t 聲母。細究之下，會發現 tsʰ 與 ts 塞化的原因並不相同，前者為送氣與 i 元音，後者只有 i 元音。本文認為因為送氣所導致的 A、B 拉鏈音變，也在某種程度上，系統性地促發了對稱的 B1 音變。

## 6.見影系聲母

　　見系聲母，在細音 i、y 前，顎化讀為舌面 tɕ、tɕʰ 聲母，其他則讀為舌根的 kʰ、k 聲母（嫁 ka33、建 tɕien33、客 kʰak2、屈 tɕʰyət2、裙 kʰiuŋ24、健 tɕien42）。見、溪、群母都有少部分的字，由 tɕ、tɕʰ 捲舌化，讀為 tʃ、tʃʰ 聲母，如：「撿 tʃan42、姜 tʃoŋ11、頸 tʃan42、區 tʃʰui11、丘 tʃʰəu24、欠 tʃʰan11、茄 tʃʰo24、轎 tʃau42、舅 tʃʰəu35、鉗 tʃʰan24、局 tʃʰu24」。其中，溪母有一個字「輕 tsʰan24」讀為去捲化的 tsʰ 聲母，溪母也有一個字「謙 tʰien24」讀為塞化的 tʰ 聲母。

　　疑母讀為 ŋ、ø 聲母，大抵在高元音 i、u 前丟失 ŋ 聲母，部分 i 介音仍存 ŋ 聲母。影母讀零聲母 ø，只有兩個字「愛 ŋoi33、挨 ŋai11」讀為 ŋ 聲母，應為詞彙擴散而來。

　　曉、匣兩母的演變，則是在合口的 u 元音前，因唇部的摩擦力加強，由喉部的 h 變為唇部的 f 聲母。h 在細音 i 前，則有顎化現象，部分字讀為 ɕ 聲母，如：「休 ɕiu11、響 ɕioŋ42、向 ɕioŋ33、興~旺 ɕiŋ11、興高~ ɕiŋ33、胸 ɕiuŋ11、凶 ɕiuŋ11、下 ɕia42、嫌 ɕien24、協 ɕie24、懸 ɕien42、形 ɕiŋ24」。

$$h \begin{cases} h > f \;/\_\_\; u \quad (\text{胡 fu24、戶 fu42、歡 fon24}) \\ \varphi \;/\_\_\; i \\ h \;/\; \text{其他} \quad (\text{河 ho24、海 hoi42}) \end{cases}$$

**圖七　廣昌客語曉、匣母字的音變**

　　另外曉母有三字「虛 sui11、許 sui42、訓 sun33」讀為 s 聲母，可能為鄰近方言擴散而來的音讀。匣母有兩字「完 von24、滑 vat4」讀為零聲母。云、以母皆讀為零聲母。

## （二）韻母特點

　　以下只列舉幾項廣昌客語韻母的殊異處。

### 1.止開三 ɨ 韻母的音讀

　　這個 ɨ 韻母只出現在止開三這個韻攝，止開三其他的字群多為 i 元音的韻母，這裡我們紀錄為 ɨ 韻母，但發音人有時念的近於央元音 ə，有時又念得帶有些鼻化的感覺，本文認為把這個音值殊異的韻母記為 ɨ，較能體現這個近於央元音又帶些鼻音的韻母性質。本文認為，這個 ɨ 韻母是 i 或舌尖元音 ɿ、ʅ 的變體。以下為 ɨ 韻母的例字。

**表九　廣昌客語 ɨ 韻母的例字**

|  | ɨ |
|---|---|
| ts | 知 11 |
| s | 私 11、死 42、四 33、屎 42、字 42、事 42 |
| tɕ | 知 11、支 11、紙 42、寄 33、基 11、計 33 |

tɕʰ　　　器 33、齒 42、欺 24、起 42、旗 24

ʃ　　　是 35、自~家 42

　　檢視這個止開三的音節結構，可以發現這裡的 i 元音，並不同於其他音節結構中的 i 元音。止攝最大的特點就是，它的 i 音並不是佔在介音的位置，而是佔在主要元音的位置。以音節結構來說，就是止攝開口的 i 音，位於音節的最末尾，而非音節之中。

$$（A）\ tʂ^{(h)} > ts^{(h)} / \underline{\quad} i\ \#$$

$$（B）\ tʂ^{(h)} > ts^{(h)} / \underline{\quad} i\ \left\{ \begin{matrix} C \\ V \end{matrix} \right\}_{\#}$$

**圖八　（A）代表止攝的語音環境；（B）代表一般三等韻。**

　　止攝的知三章組字的 i 元音，佔住的是韻核的位置，由《中原音韻》支思韻的記錄，我們知道止攝的章組字的捲舌速度，快於其他三等韻的章組聲母，可見得佔在韻核，即主要元音地位的 i 元音，其促成前面聲母變化的力量並不同於一般的三等 i 音，甚而站在音變領頭羊的位置。因為（A）後面並沒有其他的輔音或元音來制衡或維持其穩定的發音狀況，於是，缺少了後部制約牽制的力量，使得語音音值的變異度較大。

## 2.魚虞異讀層

　　廣昌魚虞韻有三類讀法：ie、ui、y。其中，y 韻的讀法是 ui 的後續延伸，ie 韻的讀法則是魚虞異讀的表現，這個異讀的字群，大多出現在魚韻，例字見表九。

### 表十　廣昌客語魚虞異讀的例字

| 豬 | 煮 | 書 | 鼠 | 鋸 | 去 | 魚 | 朱 | 句 |
|---|---|---|---|---|---|---|---|---|
| tɕie11 | tɕie42 | ɕie11 | ɕie42 | tɕie33 | tɕʰie42 | ŋie24 | tɕie11 | tɕie33 |

## 3.遇合三與流開三的莊組

　　至於遇合三的莊組字，如：「助 tʰu42、梳 su11」，我們可徑直地視作一等韻。這不光是廣昌客語的表現，也是整個江西客贛語的音讀表現。

　　江西客贛語裡，遇合三莊組聲母下的韻母，有個不同於其他三等韻母的音韻表現，那就是都不含其他三等韻母所共同擁有的 i 介音，而且在江西客、贛語裡，精組與莊組聲母的音讀表現是同型（ts、tsʰ）。這就使得在「遇合三」下的莊組字韻母的音讀表現，讀得和「遇合一」的精組韻母相同，如以下表十一所示。

### 表十一　江西客贛語與廣昌客語的遇合一精組字與遇合三莊組字

| 江西客、贛語[3] | 遇合一 精組 | 遇合三 莊組 |
|---|---|---|
| | u、ɿ、ɤ（永豐） | u、ɿ、ɤ（永豐） |
| 廣昌客語 | u | u |
| 廣昌客語例字 | 租 tsu11、醋 tʰu33、粗 tʰu24 | 梳 su11、助 tʰu42 |

　　江西客、贛語裡，莊組遇合三的韻母分為三種型態：一為 u；一為 ɿ；永豐的韻母則讀為 ɤ，這個 ɤ 是元音 u 稍低、稍前

---

[3]　整理自：劉綸鑫：《客贛方言比較研究》（北京：中國社會科學出版社，1999 年）。

一點點的讀法，其地位相當於其他客、贛語 u 韻母的地位。與之相對的精組遇合一韻母，也分為三種型態：u、ʅ 與 ɤ。至於 ɤ 韻母則出現在永豐贛語。

承上述，江西客、贛語與廣昌客語的遇合三的莊組可視為一等韻，廣昌客語流開三的莊組音讀，如：「縐 tsəu33、愁 səu24、搜 səu11」等，也可視作一等韻，其韻母音讀等同其流開一的韻母 əu（偷 həu24、豆 həu42、樓 ləu24）。

## 4.一、二等對比

如同其他的江西客、贛方言，廣昌客語也存在著一、二等元音 o：a 的對比。因廣昌客語已不存在雙唇 -m 尾，其一、二等對比的格局便不見於這類韻尾前，而 -n 韻尾前的一、二等元音對比，則可並見於咸、山兩攝。再者，廣昌客語的一、二等對比也不存在於元音 -u 韻尾前，其對比格式如所表十二示。

表十二　廣昌客語的一、二等韻的對比

|  | 果 | 假 | 蟹 | 咸 | 山 | 宕、江（二等） | 梗（白讀） |
|---|---|---|---|---|---|---|---|
| 一等 | o |  | oi（k-系聲母後） | on（k-系聲母後） | on（k-系聲母後） | oŋ |  |
| 例字 | 多 to11、河 ho24 |  | 開 kʰoi24、海 hoi42 | 感 kon42、暗 on33 | 肝 kon11、看 kʰon42 | 鋼 koŋ11、江 koŋ11 |  |
| 二等 |  | a | ai | an | an |  | aŋ |
| 例字 |  | 家 tɕia11、茶 tʰa24 | 階 kai11、買 mai35 | 站車~ tsan42、減 kan42 | 山 san11、產 san42 |  | 硬 ŋaŋ42、冷 lak2 |

蟹、咸、山攝的一等 o 元音的痕跡，只在舌根 k- 系聲母後

保留，我們可將舌根後的元音視作許多類別元音的最後堡壘。舌根 -ŋ 韻尾前的一等 o 元音，保留在宕攝一等與江攝二等，廣昌客語與其他江西客、贛語相同，都是宕、江合一的音韻格局。至於與宕、江相對的二等 a 元音，則保留在梗攝二等的白讀音裡。

## 5.梗攝的文、白兩讀

梗攝有豐富的文、白異讀，表現在三、四等的部分，其文讀的韻母元音是偏前的 eŋ、əŋ／k，白讀的韻母元音則是低的 aŋ／k。廣昌客語的梗攝三、四等，不但在文讀與白讀方面合流，其文讀的音讀還與曾攝相合，表現出梗、曾相合的音韻格局。以下表十三為梗、曾攝文白異讀情況。

### 表十三　廣昌客語的梗、曾攝文白異讀

|  | 梗開三、開四 | 曾開三 |
|---|---|---|
| 文 | (i)eŋ、əŋ／k | (i)eŋ、əŋ／k |
| 白 | (i)aŋ／k |  |
| 例字<br>(文) | 名 mieŋ24、情 tɕʰiŋ24、請~帖 tʰieŋ42、青 tʰieŋ24、星 ɕieŋ11、聽 hieŋ24 | 冰 piŋ11、蒸 tɕiŋ11、升 ʃiŋ11、力 lik4、色 sək2 |
| 例字<br>(白) | 輕 tsʰaŋ24、頸 tʃaŋ42、壁 piak2、劈 pʰiak2 |  |

## （三）聲調、韻尾特點

廣昌方言的聲調有七種調值，其中陰上已併入陽去調，分別為:陰平 11、陽平 24、陰上 42、陽上 35、陰去 33、陽去 42、陰入 2、陽入 4。

## 1.送氣化濁

平聲與去聲中，送氣清聲母與擦音聲母都有因「送氣」因素，而導致分調的現象，平聲的送氣清音與擦音讀為陽平調；去聲的送氣清音與擦音讀為陽去調。上聲調部分則不出現此種現象。照理，搭配濁聲調的這些送氣清聲母，應變讀為濁聲母。可廣昌客語裡，這些送氣聲母又無讀濁聲母痕跡，推測應是去濁化不久，或者是這類濁聲母其濁的性質並不明顯，搖擺清濁之間，之後都讀成了清聲母。

## 2.陽上變讀陰平與陰上

陽上有變為陰平調的，也有歸於陰上的。前者有「奶、每、被~子、蟻、美、裡、耳、尾、咬、廟、某、舅、染、犯、懶、眼、辮、滿、敏、笨、象、像、養、冷、動」等字；後者則有「女、五、野、惹、馬、緒、語、雨、待、蟹、道、造、卯、藕、後、善、腎、微、猛」等字。

## 3.入聲調

入聲部分，陰入部分字消失入聲尾後，聲調讀陰平調；陽入部分字消失入聲尾後，聲調則讀陽平調。

## 4.收 -p 尾的入聲字極少

廣昌方言 -p、-t、-k 三種韻尾皆存，但 -p 只存在零星的幾個字裡，如：帖 hiap2、葉 iap4。

# 參、結語

　　江敏華[4]曾提到 $t^h > h$ 的音變在贛語撫廣片的黎川、南豐、宜黃出現的語音環境最廣，且這一帶也是 $ts^h > t^h$ 音變最為集中的地區，所以江敏華推測這些地區，應是聲母拉鏈式音變 A、B 的音變起點。本文的廣昌客語同屬撫州片，但非屬贛語而是客語，同樣地，被撫廣片贛語這一波由送氣主導的音變所影響，也產生了拉鏈式的 A、B 音變，不僅如此，在不送氣塞擦音的部分，還產生了 B1：ts > t 音變。B1 產生的原因，不只有系統上的對應，韻母的 i 介音也起了影響作用。廣昌客語在知三章聲母普遍存在的 i 介音搭配舌面聲母 tɕ、tɕʰ、ɕ，也為曾大量發生知三章組聲母捲舌化的江西贛語提供了一個很好的起點。另外，廣昌客語裡，也存在江西贛語裡常見的「送氣分調」的現象。

## 引用文獻

### 一、專書
劉綸鑫，《客贛方言比較研究》，北京：中國社會科學出版社，1999。

### 二、學位論文

#### （一）博士
江敏華，《客贛方言關係研究》，臺北：國立臺灣大學中國文學研究所博
　　　士論文，2003.6。

---

[4]　江敏華：《客贛方言關係研究》（臺北：國立臺灣大學中國文學研究所
　　博士論文，2003 年），頁 96。

# 附表：撫州廣昌縣梘楻村客語同音字表

發音人：阿姨（化名）
教育程度：小學畢業
職業：學校清潔人員
年齡：62 歲
田調時間：2015 年 5 月

a

| | |
|---|---|
| p | 疤 11、霸 33、爸 33 |
| pʰ | 怕 42、爬 24 |
| m | 麻 24、馬 42、罵 42、麥 24 |
| f | 花 24、化 42、畫 42、話說 42 |
| v | 瓦 42、蛙 11、話說 42 |
| tʰ | 茶 24、查 24 |
| n | 拿 24 |
| ts | 遮 11、蔗 33、抓 11、摘 11 |
| tsʰ | 叉 11 |
| s | 杉 11 |
| tʃʰ | 車 11、扯 42、車~馬炮 11 |
| ʃ | 蛇 24、射 42、舍 42、社 42 |
| k | 家 11、假真~42、假放~42、嫁 33、格~子 11 |
| h | 蝦魚~11、下~來 42、嚇 11 |
| ŋ | 牙 24 |

i

| | |
|---|---|
| p | 貝 33、杯 11、碑 11、逼 11、柄 33 |
| pʰ | 斃 42、皮 24、被~子 11、備 42 |
| m | 梅 24、每 11、美 11、某 11 |
| f | 會開~42、會不~42、肺 42、飛 11、匪 42、費 33、肥 24 |
| v | 維 24、位 42、味 42、魏 42 |
| t | 低 11、笛 24 |

| | |
|---|---|
| tʰ | 梯 24、體 42、替 42、齊 24 |
| n | 泥 24、耳 11 |
| l | 屬 42、例 42、犁 24、籬 24、梨 24、利 42、李 42、裡~面 11 |
| tɕ | 姐 42、制 33、雞 11、智 33、機 11、几 42、季 33、織 11 |
| tɕʰ | 氣~體 42、汽 42 |
| ɕ | 西 11、洗 42、細 33、十 24、惜 11 |
| ʃ | 世 33 |
| h | 弟 42、第 42、戲 33、地 42 |
| ŋ | 蟻 11、疑 24 |
| ø | 義 42、亦 42、衣 11、毅 42 |

ɨ

| | |
|---|---|
| ts | 知 11 |
| s | 私 11、死 42、四 33、屎 42、字 42、事 42 |
| tɕ | 知 11、支 11、紙 42、寄 33、基 11、計 33 |
| tɕʰ | 器 33、齒 42、欺 24、起 42、旗 24 |
| ʃ | 是 35、自~家 42 |

ɣ

| | |
|---|---|
| k | 哥 11 |
| ŋ | 鵝 24 |

ɚ

| | |
|---|---|
| ø | 儿 24、二 42、而 24 |

o

| | |
|---|---|
| pʰ | 婆 24 |
| m | 磨~刀 24、磨石~42、陌 24 |
| f | 火 42、貨 42、禍 42、和~氣 42 |
| t | 多 11、剁 33 |
| tʰ | 拖 24、坐 11、銼 33、錯 33 |
| n | 糯 42 |

l　　　鑼 24、落 24
ts　　做 33
s　　　蓑 11
tʃʰ　　茄 24、瘸 24
k　　　個~人 33、個一~33
h　　　河 24、賀 42

u
p　　　補 42、簿 35
pʰ　　部 42、步 42
m　　　模~子 24、墓 42、目 24
f　　　胡 24、戶 42、夫 11、斧 42、符 24、扶 24、婦 35、福 11、服 24
tʰ　　土 42、度 42、粗 24、醋 33、讀 24、助 42
l　　　爐 24、鹵 42、路 42、露 42、鹿 24
ts　　租 11、竹 11、粥 11、菊 11、足 11
tsʰ　畜 11
s　　　肅 11、叔 11、熟 24、俗 42、梳 11
tʃʰ　　住 42、局 24
k　　　鼓 42、谷 11
kʰ　　苦辛~42、苦~味 42、褲 42
h　　　毒 24
ø　　　兔 33、烏 11、霧 42、屋 11、玉 24

y
n　　　女 42
tʃʰ　　曲 11
ŋ　　　語 11
ø　　　余 24、預 42、雨 42、芋 42

ai
p　　　拜 33
pʰ　　排 24、派 33、敗 42

| m | 埋 24、買 35、賣 42 |
|---|---|
| v | 外~面 42、外~公 42 |
| t | 戴 33、袋 42、帶 33 |
| tʰ | 臺 24、待 42、裁 24、財 24、在 35、太 33、蔡 33、寨 42 |
| n | 奶祖母 11、奶牛~35 |
| l | 來 24 |
| s | 柴 24、帥 33 |
| k | 階 11、界 33、街 11、解 42 |
| h | 大 42、鞋 24 |
| ŋ | 挨 11 |
| ø | 哀 11、矮 42 |

au

| p | 包 11、飽 42、豹 33 |
|---|---|
| m | 毛 24、卯 42 |
| t | 道 42 |
| tʰ | 操 24、曹 24、造 42、潮 24 |
| n | 腦 42、鬧 42 |
| l | 牢 24、老 42 |
| ts | 糟 11、罩 33、朝今~11、照 33 |
| tsʰ | 超 24 |
| s | 燒 11、紹 35 |
| tʃʰ | 轎 42 |
| k | 交 11、繳 42、叫 33 |
| kʰ | 靠 33 |
| ŋ | 熬 24、傲 42、咬 11 |
| ø | 襖 42 |

ei

| m | 尾 11、麥 24、脈 24 |
|---|---|

əu

m　　　廟 11

f　　　浮 24

tʰ　　　透 42

l　　　樓 24

ts　　　縐 33

s　　　愁 24、搜 11

tʃʰ　　　丘 24、舅 11

h　　　偷 24、頭 24、豆 42、猴 24、厚 35、後 42


oi

p　　　背~脊 33

pʰ　　　背~書 42、賠 24、倍 35

m　　　妹 42

f　　　灰 24

s　　　碎 33

k　　　該 11、改 42、蓋 33

kʰ　　　開 24

h　　　海 42、害 42、蟹 42、腿 42

ŋ　　　愛 33


ia

t　　　借 33

tʰ　　　斜 24

n　　　惹 42

tɕ　　　家 11

ɕ　　　下~面 35、寫 42、謝姓~42、錫 11

h　　　踢 11

ø　　　亞 33、也 42、野 42、夜 42


ie

tɕ　　　豬 11、煮 42、鋸 33、朱 11、句 33

tɕʰ　　　去 42

ç　　靴 11、書 11、鼠 42、協 24

ŋ　　魚 24

ø　　爺 24


iu

t　　丟 11

tʰ　　袖 35

l　　流 24、劉 24、柳 35、陸 24、六 24、綠 24

tsʰ　秋 24

s　　修 11

tç　　狗 42、酒 42、晝 33、周 11、糾 42、菊 11、足 11

tçʰ　口 42、袖 35、抽 24、臭 42、求 24、舊 42

ç　　收 11、手 42、受 42、壽 42、休 11、俗 42

ŋ　　藕 42、牛 24

ø　　有 35、友 35、右 42、幼 33、育 24


iau

m　　貓 24

n　　鳥 42

tç　　教 33、椒 11

tçʰ　敲 24、橋 24

ç　　小 42


ua

k　　瓜 11、掛 42

kʰ　　垮 42


ui

f　　回 24、毀 42

t　　堆 11、隊 42

tʰ　　娶 42、推 11、退 33、罪 42

l　　呂 42、銳 42、淚 42

| ts | 最 33、醉 33 |
|---|---|
| s | 徐 24、緒 42、梳 11、盧 11、許 42、輸 11、歲 11、稅 33、隨 24、水 42 |
| tʃ | 主 42 |
| tʃʰ | 除 24、廚 24、柱 35、區 11、吹 24、錘 24 |
| ʃ | 樹 42 |
| k | 桂 33、龜 11、歸 11、鬼 42、貴 33 |
| kʰ | 塊 42、虧 24、櫃 42 |

uo

| k | 果 42 |
|---|---|

uai

| f | 淮 24、壞 42 |
|---|---|
| k | 乖 11、怪 33、拐 42、規 11、軌 42、國 11 |
| kʰ | 快 42 |

an

| p | 扮 33、辦 42、班 11、板 42 |
|---|---|
| pʰ | 叛 42 |
| m | 慢 42 |
| f | 凡 24、犯 11、泛 33、還歸~24、反 42、翻 11、飯 42 |
| v | 彎 11、萬 42 |
| t | 擔 11、膽 42、單 11 |
| tʰ | 貪 24、參 24、慘 42、蠶 24、淡 24、賺 42、攤 24、餐 24、纏 24 |
| n | 南 24、難~易 24 |
| l | 籃 24、蘭 24、懶 11 |
| ts | 站車~42 |
| s | 衫 11、產 42、山 11 |
| tʃ | 占 33、撿 42、揀 42 |
| tʃʰ | 鉗 24、欠 42 |
| ʃ | 驗 42 |

k　　減 42、間中~11、奸 11

h　　咸 24、彈~琴 24、閑 24

ŋ　　眼 11、顏 24


ən

p　　本 42、笨 11

m　　門 24、蚊 24

f　　分 11、粉 42、糞 33

v　　頑 24、軟 35、元 24、溫 11、問 42、云 24

l　　任責~42、然 24

ts　　遵 11、展 42

s　　參人~11

tʃ　　准 42

tʃʰ　　春 24

k　　根 11

h　　吞 24、痕 24、恨 42

ø　　恩 11


on

p　　搬 11、半 33

pʰ　　潘 24、盤 24、伴 35

m　　滿 11

f　　歡 24、換 42

v　　完 24、碗 42

t　　端 11、短 42、段 42

n　　暖 35

l　　亂 42

ts　　轉~身 42

s　　酸 11、閂 11

tʃ　　戰 33

tʃʰ　　傳宣~24

ʃ　　船 24

| k | 感 42、甘 11、敢 42、肝 11、幹~部 33 |
|---|---|
| kʰ | 看 42 |
| h | 含 24、寒 24、漢 42、汗 42、旱 35、團 24、斷 35 |
| ŋ | 岸 42 |
| ∅ | 暗 33、安 11、案 33 |

aŋ

| pʰ | 彭 24 |
|---|---|
| v | 橫 24 |
| ts | 鏡 33 |
| tsʰ | 輕 24 |
| s | 省~錢 42、聲 11 |
| tʃ | 頸 42 |
| kʰ | 坑 24 |
| h | 行出~24 |
| ŋ | 硬 42 |

əŋ

| m | 孟 42 |
|---|---|
| t | 燈 11、等 42 |
| tʰ | 層 24 |
| n | 能 24 |
| ts | 爭 11 |
| s | 生 11、、省江西~42 |
| h | 藤 24、桶 42、痛 42、銅 24、洞 42、鄧 42 |

oŋ

| p | 幫 11、綁 42 |
|---|---|
| m | 忙 24、網 42 |
| f | 荒 24、謊 42、方 11、紡 42、放 33、房 24 |
| v | 黃 24、望 42、忘 42、王 24 |
| t | 黨 42 |

| | |
|---|---|
| tʰ | 倉 24、瘡 24、撞 42、窗 24 |
| l | 郎 24、讓 42 |
| ts | 裝 11、壯 33、妝 11 |
| s | 桑 11、霜 11、傷 11、常 24、上~山 35、上~面 42、雙 11 |
| tʃ | 章 11、掌 42、姜 11 |
| tʃʰ | 長~短 24、丈 42、昌 24、廠 42、唱 33 |
| k | 鋼 11、廣 42、江 11、港 42 |
| kʰ | 糠 24、礦 42 |
| h | 湯 24、堂 24、行銀~24 |

in

| | |
|---|---|
| p | 賓 11 |
| pʰ | 品 42、貧 24 |
| m | 民 24、敏 11 |
| v | 暈 42 |
| tʰ | 尋 24、盡 35 |
| n | 忍 24、認 42 |
| l | 林 24、鱗 24 |
| s | 心 11 |
| tɕ | 浸 33、針 11、金 11、鎮 33、真 11、斤 11、勁 33 |
| tɕʰ | 侵 24、沉 24、琴 24、親 24、盡 35、陳 24、勤 24、近 35 |
| ɕ | 深 11、新 11 |
| ʃ | 神 24、身 11、腎 42 |

ien

| | |
|---|---|
| p | 鞭 11、邊 11、扁 42、辮 11 |
| pʰ | 偏 24、便~宜 24、片 42 |
| m | 棉 24、面~上 42、麵~條 42 |
| v | 園 24、冤 11、遠 35 |
| t | 煎 11、剪 42、箭 33、顛 11、尖 11、點 42、店 33 |
| tʰ | 籤 24、遷 24、千 24、謙 24 |
| n | 年 24、黏 24、染 11、拈 24、念 42 |

l　　　鐮 24、連 24、蓮 24、煉 42

tɕ　　 建 33、健 42、肩 11

tɕʰ　　件 42、牽 24

ɕ　　　仙 11、線 33、扇 42、善 42、懸 42

h　　　險 42、獻 42、天 24、田 24、電 42、添 24、甜 24、嫌 24、覓 42

ŋ　　　言 24、嚴 24

ø　　　鹽 24


ion

tʰ　　　全 24


iŋ

p　　　冰 11、兵 11

pʰ　　　平太~24、瓶 24

m　　　明光~24、命~令 42

t　　　定 42

tʰ　　　清水~24、靜 42

l　　　領 35、靈 24、鈴 24

tsʰ　　撐 24

tɕ　　　蒸 11、証 33、精 11、井~岡山 42、正~月 11、正~確 33、經 11

tɕʰ　　秤 42、橙 11、清~白 24、情 24、靜 42、傾 24

ɕ　　　興~旺 11、興高~33、成 24、錫無~11、形 24

ʃ　　　繩 24、升 11

h　　　停 24

ø　　　應 11、蠅 24、迎 24、影電~42


ien

p　　　餅 42

pʰ　　　平地~24、病 42

m　　　明~早 24、命算~42、名 24

f　　　兄 11

v　　　贏 24

t　　　井水~42、釘 11

tʰ　　清~明節 24、請~帖 42、晴 24、青 24、程 24

l　　　嶺 35、零 24

tɕʰ　　肯 42

ɕ　　　姓 33、星 11、醒 42

h　　　聽 24

ø　　　影~子 42


ioŋ

t　　　槳 11、蔣 42、醬 33

tʰ　　槍 24、搶 42

n　　　娘 24

l　　　涼 24、兩 35

tɕʰ　　墻 24、強 24

ɕ　　　匠 33、象 11、像 11、響 42、向 33

tʃ　　　張 11、長生~42、帳 33

h　　　香 11

ø　　　秧 11、養 11、癢 35、樣 42


iuŋ

n　　　濃 24、龍 24

tɕ　　　松 24

ɕ　　　胸 11、凶 11


un

f　　　昏 11、混 42

t　　　燉 42

tʰ　　村 24

n　　　嫩 42

ts　　　尊 11

s　　　順 42、訓 33

k　　　卷 42、滾 42、軍 11

$k^h$　圈 24、拳 24、勸 42、困 33、裙 24

uan

k　關姓 11、關~門 11、慣 33

uon

k　官 11、管 42、灌 33

$k^h$　寬 24

uŋ

$p^h$　棚 24

m　猛 42、蒙 24、夢 42

f　轟 11、紅 24、風 11、馮 24、鳳 42、封 11、縫~衣 24、縫~隙 42

v　翁 11

t　東 11、懂 42、凍 33、動 11、冬 11

$t^h$　通 24、蔥 24

n　農 24

l　籠 24、聾 24

ts　棕 11、粽 33、宗 11、中 11、眾 33

s　送 33、鬆 11

tʃ　鐘 11、腫 42

$tʃ^h$　重 24、沖 24

k　公 11、弓 11、供 11

$k^h$　空 24、恐 42、共 42

uoŋ

k　光 11

$k^h$　筐 24

yən

ø　閏 42、允 35、運 42

yon

| | |
|---|---|
| tʰ | 淺 42 |
| tɕʰ | 賤 42 |
| ɕ | 癬 42 |

yəŋ

| | |
|---|---|
| tʃʰ | 蟲 24 |

yuŋ

| | |
|---|---|
| tɕʰ | 窮 24 |
| ɕ | 熊 24 |
| ø | 榮 24、永 35、營 24、絨 24、容 24、用 42 |

at

| | |
|---|---|
| p | 八 2 |
| pʰ | 拔 4 |
| m | 襪 4 |
| n | 納 4 |
| f | 法 2、發 2、罰 4 |
| v | 猾 4、挖 2、月 4 |
| t | 答 2 |
| tʰ | 踏 2、雜 4、塔 2、插 2、擦 2、察 2 |
| l | 臘 4、蠟 4、辣 4 |
| ts | 折 2 |
| s | 殺 2 |
| k | 甲 2 |
| h | 狹 4、瞎 2 |
| ø | 鴨 2 |

ət

| | |
|---|---|
| p | 筆 2 |
| f | 佛 4 |

v　　　物 4

ʃ　　　舌 4

s　　　設 2


ot

pʰ　　潑 2

f　　　活 4

t　　　奪 4

ʃ　　　說小~2

k　　　鴰 2、割 2

h　　　合~作 4、脫 2


ut

f　　　忽 2

tʰ　　突 4

l　　　律 4

ts　　卒 2

tʃʰ　　出 2

k　　　骨 2、橘 2


ak

p　　　百 2

pʰ　　白 4

tʰ　　拆 2

l　　　冷 2

ts　　只 2

s　　　石 4

tʃʰ　　尺 2

k　　　隔 2

kʰ　　客 2


ək

p      北 2

m     墨 4

t      得 2

tʰ    特 4、賊 4

s      色 2

k     格資~2

kʰ   刻 4

h     黑 2


ok

p      剝 2

pʰ   薄 4

m     膜 4、幕 4

tʰ    托 2、鑿 4、戳 2

n     弱 4

ts    作 2、著穿~2、桌 2、捉 2

k     各 2、角 2

kʰ   殼 2

h     學 4

ø     惡 2


uk

m     木 4

t      獨 4

l      碌 4

tʃ    燭 2


it

pʰ   匹 2

m     密 4

tʰ    七 2

n     日 4

| l | 笠4、入4、栗4 |
| tɕ | 汁2、急2 |
| tɕʰ | 集4、及~格4、質2 |
| ɕ | 習4、十4 |
| ʃ | 實4、失2 |
| ø | 一2 |

ik

| t | 滴2 |
| l | 力4 |
| tsʰ | 直4 |
| tɕ | 極4 |
| ɕ | 席4 |
| ʃ | 食4 |

iap

| h | 帖2 |
| ø | 葉4 |

iat

| t | 接2 |
| n | 躡4 |
| ŋ | 業4、孽4 |

iak

| p | 壁2 |
| pʰ | 劈2 |

iet

| pʰ | 別4、撇2 |
| m | 滅4、篾4 |
| f | 血2 |

t　　　跌2、杰4、節2

tʰ　　切2

n　　　熱4

l　　　裂4、劣4

tɕ　　結2、絕4、決2

ɕ　　　薛2、雪2

h　　　歇2、鐵2


iek

ŋ　　　額4


iok

t　　　爵2、雀2

ɕ　　　削2

ø　　　約2、藥4、躍4


iuk

n　　　肉4


uat

k　　　刮2

kʰ　　闊2、缺2


uok

k　　　郭2


yət

tɕʰ　　屈2


ŋ̩　　　吳24、五42

本文初稿曾發表於《客家方言調查研究——第十二屆客家方言學術研討會論文集》（會後經審查的論文集），廣州，中山大學出版社，2018 年 10 月出版，頁 304-313。本文發表於《客家方言調查研究——第十二屆客家方言學術研討會論文集》時，並未附出該方言點的方音調查字表。

國家圖書館出版品預行編目資料

南方漢語的特殊聲母、聲調與韻尾

彭心怡著. – 初版. – 臺北市：臺灣學生，2021.02
面；公分

ISBN 978-957-15-1845-9 (平裝)

1. 漢語方言 2. 贛語 3. 聲韻學

802.54                                        110001018

南方漢語的特殊聲母、聲調與韻尾

著　作　者　彭心怡
出　版　者　臺灣學生書局有限公司
發　行　人　楊雲龍
發　行　所　臺灣學生書局有限公司
地　　　址　臺北市和平東路一段 75 巷 11 號
劃　撥　帳　號　00024668
電　　　話　(02)23928185
傳　　　眞　(02)23928105
E - m a i l　student.book@msa.hinet.net
網　　　址　www.studentbook.com.tw
登記證字號　行政院新聞局局版北市業字第玖捌壹號
定　　　價　新臺幣三五〇元
出 版 日 期　二〇二一年二月初版
I S B N　978-957-15-1845-9